Treffpunkt

Deutsch als Zweitsprache für Alltag und Beruf

Kursbuch A2.2

Friederike Jin
Martina Schäfer
Matthias Scheliga

Cornelsen

Herzlich willkommen bei *Treffpunkt*

Das Lehrwerk **Treff**punkt richtet sich an erwachsene Lernende, die in einem deutschsprachigen Land leben und arbeiten möchten. Ziel ist es, ihnen die Integration in Alltag und Beruf zu erleichtern und sie zu befähigen, in allen Angelegenheiten des täglichen Lebens sprachlich selbstständig zu handeln. Die Themen, die Aufgaben sowie die Sozialformen sind so gewählt, dass eine möglichst für alle Lernenden angenehme Lernatmosphäre im Unterricht geschaffen werden kann.

Treffpunkt orientiert sich an den Vorgaben des Gemeinsamen europäischen Referenzrahmens sowie des Begleitbandes und deckt die Lernziele des Rahmencurriculums für Integrationskurse des Bundesamtes für Migration und Flüchtlinge ab. Berücksichtigt werden auch die Anforderungen der neuen Zusatzqualifikation für Lehrkräfte im Bereich Deutsch als Zweitsprache.

Blick ins Buch

Zielaufgaben mit Sitz im Leben

f **Arbeiten Sie zu zweit. Wählen Sie eine Rolle (A oder B). Ihre Partnerin / Ihr Partner wählt die andere Rolle. Spielen Sie einen Dialog.**

A	B
Sie möchten einen Tisch für ... Personen um ... Uhr reservieren. Rufen Sie im Restaurant an.	Sie arbeiten im Restaurant und nehmen die Reservierung an.

Humorvolle Video-Geschichten

Aufgaben mit Perspektivwechsel

c ***Du* oder *Sie*? Was ist für Sie angenehm? Was möchten Sie im Kurs sagen? Sprechen Sie im Kurs. Einigen Sie sich.**

- Sagen wir *du* oder *Sie*?
- Das ist mir egal. Ich finde *Sie* und *du* gut.
- In meiner Sprache gibt es kein *Sie* und *du*. Wir sagen *Ihr* und *du*. Ich möchte lieber *Sie* sagen.

Kooperative Aufgaben

a **Arbeiten Sie zu zweit. Wählen Sie einen Text in der App (A oder B). Ihre Partnerin / Ihr Partner wählt den anderen Text. Lesen Sie. Wählen Sie zusammen fünf wichtige Regeln.**

b **Welche Regeln haben Sie ausgewählt? Vergleichen Sie im Kurs. Einigen Sie sich auf Regeln für Ihren Deutschkurs. Machen Sie ein Plakat.**

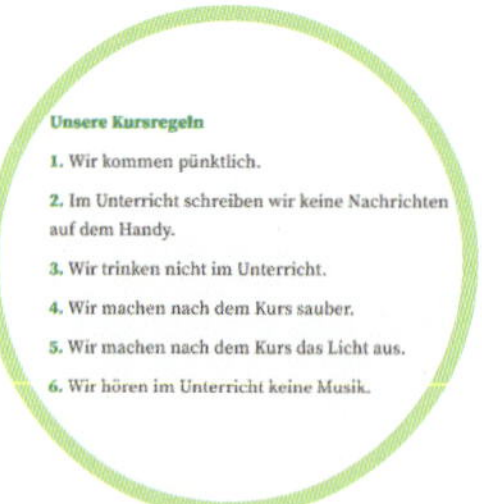

Unsere Kursregeln

1. Wir kommen pünktlich.
2. Im Unterricht schreiben wir keine Nachrichten auf dem Handy.
3. Wir trinken nicht im Unterricht.
4. Wir machen nach dem Kurs sauber.
5. Wir machen nach dem Kurs das Licht aus.
6. Wir hören im Unterricht keine Musik.

Visualisierung von grammatischen Strukturen

Strategien bewusst einsetzen

1 Mit Plakaten lernen

a **Welche Adjektive kennen Sie? Arbeiten Sie in Gruppen. Sammeln Sie Adjektive aus Kapitel 11.**

b **Wie schreiben Sie neue Grammatik auf: mit Bildern oder Farben, in Tabellen? Sammeln Sie Ideen. Gestalten Sie ein Plakat zu Adjektiven. Benutzen Sie die Adjektive aus a.**

c **Hängen Sie Ihr Plakat auf. Präsentieren Sie im Kurs.**

d **Arbeiten Sie in Gruppen. Sprechen Sie die Adjektive mit Emotionen (laut, leise, traurig, fröhlich, schnell).**

Das Kursbuch

Die **Kursbuch-Kapitel** bestehen aus acht Seiten. Auf den ersten sechs Seiten werden die Lerninhalte vermittelt. Diese Seiten folgen einem einheitlichen linearen Aufbau: Innerhalb jeder Doppelseite finden sich immer die Schritte Einstieg ins Thema, selbstentdeckendes Lernen, Automatisieren, Üben und eigenständige Sprachproduktion. Jede Einheit bietet Aufgaben zur Mediation und Aufgaben mit plurikulturellem Schwerpunkt an, in denen die Lernenden für vielfältige Perspektiven auf das Leben sowie kulturell unterschiedliche Normen und Werte sensibilisiert werden. Viele Aufgaben sind binnendifferenziert formuliert.

Auf den letzten zwei Seiten bekommen die Lernenden Raum für eine kurze Pause, um Wortschatz, Strukturen und Kommunikation in einem anderen, oft berufsbezogenen Kontext zu wiederholen. Das integrierte Strategietraining erleichtert es den Lernenden, den Lernprozess zunehmend selbst zu gestalten.

Nach je zwei Einheiten folgt eine **Magazin-Doppelseite** mit interessanten Lesetexten und Projektaufgaben.

Aufgaben zur individuellen Auswahl

a **Arbeiten Sie zu zweit. Wählen Sie einen Beruf und eine Rolle (A oder B). Ihre Partnerin / Ihr Partner wählt die andere Rolle. Schreiben Sie einen Dialog. Arbeiten sie mit den Fragen in 1b.**

A	B
Sie sind die Arbeitgeberin / der Arbeitgeber. Was möchten Sie wissen?	Sie sind die Bewerberin / der Bewerber. Welche Fragen haben Sie?

b **Spielen Sie den Dialog. Wie haben die Personen gefragt und geantwortet? Die anderen geben Feedback.**

Sprachvergleichende Aufgaben

b **Was bedeuten die Wörter in a? Sprechen Sie zu zweit.**

Mailen bedeutet: eine E-Mail schicken.

c **Kennen Sie noch andere englische Computer-Wörter? Sammeln Sie im Kurs.**

d **Benutzen Sie englische Wörter auch in Ihren Sprachen? Sprechen Sie im Kurs.**

Auf Französisch sagt man nicht *downloaden*. Man sagt *télécharger*.

Aufgaben zur Werte-Sensibilisierung

c **Was machen die Personen auf den Fotos oben? Ist das *Freizeit* für Sie? Sprechen Sie zu zweit.**

Auf Foto 6 shoppen zwei Personen. Das ist für mich keine Freizeit. Einkaufen ist stressig.

Oh, ich shoppe gern. Ich gehe immer mit meinem Freund shoppen. Das macht Spaß.

Aufgaben mit unterstützenden Textbausteinen und Redemitteln

Sehr geehrter Herr … / Lieber Herr …,

ich danke Ihnen für … Die Informationen waren sehr wichtig.

Ich möchte Sie um … bitten, weil meine Frau / mein Mann und ich nicht sehr viel Geld verdienen/haben. Was müssen wir tun? Können Sie uns Informationen schicken?

Vielen Dank für Ihre Hilfe!

Mit freundlichen Grüßen / Viele Grüße

(Unterschrift)

◉ a **Schreiben Sie eine E-Mail an den Lehrer Herrn Basar. Die App hilft.**

- Danken Sie für die Informationen zum Mathematikunterricht.
- Bitten Sie um eine finanzielle Hilfe für den Taschenrechner.

Angebot zum individuellen Üben am Ende jeder Einheit

4 Alles klar? Wollen Sie mehr üben?

a **Was hat Ihnen gefallen? War es schwer? War es leicht? Sprechen Sie im Kurs.**

◉ b **Wiederholen Sie und üben Sie in der App. Wählen Sie A (leichte Übungen) oder B (schwere Übungen).**

Aufgaben zur Medienkompetenz

b **Welche Vereine gibt es in Ihrer Stadt? Suchen Sie im Internet. Notieren Sie drei Vereine.**

Ich habe viele Sportvereine gefunden, zum Beispiel den Fußballverein *FC Marzahn 94*.

c **Möchten Sie Mitglied in einem Verein werden? In welchem? Warum? Sprechen Sie im Kurs.**

Ja, ich möchte Mitglied in einem Musikverein werden. Ich singe gerne.

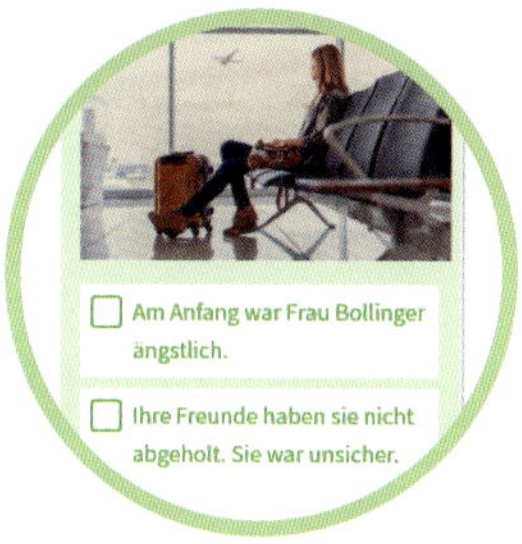

Interessante Texte und Projekte im Magazin

TREFFPUNKT

Café Küçük Zevkler

Herr Tosun, Sie haben vor einem Jahr Ihr Café *Küçük Zevkler* eröffnet. Wie geht es Ihnen?

Es ist sehr viel Arbeit, aber es geht mir gut. Ich habe früher als Paketbote gearbeitet. Ich habe den Job aber nicht gerne gemacht. Dann haben meine Freunde mich gefragt: Hüseyin, warum eröffnest du kein Café? Und ich habe gedacht: Stimmt eigentlich. Warum nicht?

Backen Sie Ihre Kuchen selbst?

Ja, klar! Wir haben jeden Tag drei bis fünf Kuchen oder Torten. Und jeden Morgen bieten wir Frühstück an: türkisch, arabisch, französisch und deutsch. Außerdem haben wir ein kleines Mittagsmenü. Alles selbst gemacht.

Was mögen Sie am meisten an Ihrem Café?

Alle Symbole führen zu den Inhalten in der PagePlayer-App:

- Hörtext
- Video, Grammatik-Video
- kooperative Aufgabe
- ◉ Textbausteine/Redemittel als Hilfe, interaktive Übungen

Inhaltsverzeichnis

Inhaltsverzeichnis

11 Informationen und Unterhaltung

A Informationen finde ich im Internet.

1 Manchmal lese ich Zeitung.

a Was machen die Personen auf den Fotos? Sprechen Sie zu zweit.

Nachrichten hören/lesen/sehen • mit Freunden chatten • einen Film sehen • E-Mails schreiben • Fotos/Selfies machen/schicken • einen Podcast herunterladen/hören • googeln • bloggen • Sprach-/Textnachrichten schicken • twittern • Fotos liken • ein Buch lesen • telefonieren

Die Frau auf Foto 1 hört vielleicht einen Podcast und ...

b Fernsehen, Radio, Zeitung, Buch, Kino oder Internet. Welche Medien nutzen Sie am meisten? Was machen Sie damit? Sprechen Sie in Gruppen.

Ich nutze oft das Internet. Ich lese dort Zeitungen oder Zeitschriften und sehe Filme.

c Was finden Sie gut, was finden Sie nicht so gut an den Medien? Verteilen Sie die Medien in b im Kurs. Schreiben Sie zu zweit.

Internet
Vorteile: Informationen schnell finden, ...
Nachteile: Informationen nicht immer richtig, ...

Ich nutze immer/oft/selten ...

Ich finde ... (nicht so) gut, weil man dann ...

Ich finde ... besser, denn ...

Ich nutze lieber ...

Ein Vorteil ist, dass ... / Ein Nachteil ist, dass ...

d Sprechen Sie im Kurs.

Ich nutze das Internet oft. Ich finde das Internet gut, weil ...

Lernziele: über Mediennutzung sprechen • Vor- und Nachteile von Medien nennen • Informationen über die Mediennutzung

2 Hast du heute schon getwittert?

a Was denken Sie: Was passt? Ergänzen Sie unten.

Nachrichten schreiben • Texte posten • Bilder/Videos posten

Japan • Deutschland • Nigeria

Aktivitäten in den sozialen Medien

Was machen Menschen in den sozialen Medien am liebsten? Wie viel Zeit verbringen sie da? Hier die wichtigsten Informationen.

Beliebte Aktivitäten in Deutschland (18–64 Jahre)

55 % ____________________

40 % Beiträge liken

38 % Beiträge kommentieren

34 % ____________________

28 % ____________________

11 % nichts

(Datenquelle: statista.com, 2022)

Wie viel Zeit verbringt man in sozialen Medien?

____________________: 4 h 7 Min.

USA: 2 h 14 Min.

China: 1 h 57 Min.

____________________: 1 h 29 Min.

____________________: 51 Min.

(Datenquelle: statista.com, 2021)

2.02

b Hatten Sie recht? Hören Sie. Kontrollieren Sie in a.

c Was finden Sie interessant? Sprechen Sie zu zweit.

Ich bin überrascht, dass die Menschen in Deutschland nur wenig Zeit in den sozialen Medien verbringen. Es ist nur …

d Wie kennen Sie es in Ihrer Familie und bei Ihren Freunden: Welche digitalen Medien nutzen sie? Sprechen Sie im Kurs.

Meine Geschwister twittern oft, ich auch. Wir chatten auch jeden Tag.

Meine Eltern haben auch ein Smartphone, aber sie telefonieren nur mit dem Smartphone.

3 Ohne Smartphone geht es nicht.

a Wie nutzen Sie das Smartphone? Was ist gut? Was ist nicht so gut? Arbeiten Sie zu zweit. Wählen Sie eine Aufgabe (A oder B). Ihre Partnerin / Ihr Partner wählt die andere Aufgabe.

A
Lesen Sie **den Text** in der App.
Was ist gut? Was ist nicht so gut?
Markieren Sie.

B
Sehen Sie **das Bild** in der App an.
Was ist gut? Was ist nicht so gut?
Schreiben Sie.

b Was haben Sie gelesen oder geschrieben? Sprechen Sie zu zweit.

c Und was denken Sie? Sprechen Sie im Kurs. Benutzen Sie die Redemittel in 1c.

Also ich finde, das Smartphone hat mehr Vorteile, weil …

B Kennst du eine lustige Serie?

1 Ich mag keine Actionfilme.

a Sehen Sie manchmal Serien oder Filme? Was sehen Sie gern? Sprechen Sie im Kurs. Die Bildleiste hilft.

Ich sehe oft Serien im Internet.

Ich sehe lieber Liebesfilme im Kino.

b Was denken Sie: Was für ein Film ist das? Sehen Sie das Plakat an. Sprechen Sie im Kurs.

filmfreund.example.org

Meine Film-Empfehlung heute:

EIN DORF SIEHT SCHWARZ
(Bienvenue à Marly-Gomont)

Land, Jahr: Frankreich 2016
Regisseur/in: Julien Rambaldi
Hauptrolle: Marc Zinga
Länge: 90 Minuten
Alter: ab 14 Jahren

2016 war der Film ein großer Kino-Hit. Die Komödie erzählt eine wahre Geschichte über den täglichen Rassismus. Sie spielt im Jahr 1975. Seyolo Zantoko kommt aus dem Kongo und hat gerade in Frankreich seinen Abschluss als Arzt gemacht. Er zieht dann mit seiner Familie in ein kleines Dorf im Norden von Frankreich und will dort als Arzt arbeiten. Aber: Die Bewohner/-innen haben noch nie einen Schwarzen Arzt kennengelernt. Sie kommen nicht in seine Praxis. Und es regnet immer. Seyolo will jetzt den Leuten zeigen, dass er ein guter Arzt ist. Er will in dem Dorf nicht fremd bleiben. Das Thema ist ernst, aber Julien Rambaldi hat einen sehr lustigen Film gemacht. Marc Zinga ist ein toller Schauspieler. Er spielt den Arzt mit viel Humor. Der Film hat ein spannendes Ende. Sehen Sie selbst!

Ich glaube, das ist ein lustiger Film, weil ...

c Worum geht es in dem Film? Lesen Sie. Kreuzen Sie an.

1. ☐ Ein französischer Arzt zieht in den Kongo und darf dort nicht arbeiten.
2. ☐ Ein Arzt aus dem Kongo zieht in ein Dorf, aber seine Praxis läuft nicht gut.
3. ☐ Ein Arzt aus dem Kongo hat Probleme, weil die Bewohner/-innen selten krank sind.

d Im Original heißt der Film *Willkommen in Marly-Gomont*. Welchen Titel finden Sie besser? Sprechen Sie im Kurs.

e Wer? Wo? Wann? Was? Warum? Stellen Sie Fragen zum Text. Antworten Sie.

die Serie

der Krimi

der Naturfilm

die Komödie

der Liebesfilm

Lernziele: über Serien und Filme sprechen • Filme beschreiben • Wortfeld: Adjektive zur Filmbeschreibung • Adjektive vor Nomen mit

2 Das ist ein toller Film.

16

a Welche Endung passt? Sehen Sie das Grammatik-Video. Ergänzen Sie.

Adjektive vor Nomen mit indefinitem Artikel

	maskulin	neutral	feminin	Plural
Nom.	der tolle Film	das tolle Märchen	die tolle Serie	die tollen Filme
	ein toll___ Film	ein toll___ Märchen	eine toll___ Serie	– tolle Filme
Akk.	den tollen Film	das tolle Märchen	die tolle Serie	die tollen Filme
	einen toll___ Film	ein toll___ Märchen	eine toll___ Serie	– tolle Filme

2.03

b Phonetik: Adjektiv-Endungen. Hören Sie. Sprechen Sie nach.

1. ein großer Kino-Hit – ein toller Schauspieler
2. ein kleines Dorf – ein spannendes Ende
3. eine lustige Serie – eine tolle Schauspielerin
4. tolle Schauspieler – spannende Filme
5. Er hat einen lustigen Film gemacht. – Ich kenne einen deutschen Regisseur.

c Kennen Sie ...? Sprechen Sie zu dritt.

der/die Regisseur/in • der/die Musiker/in • der/die Schauspieler/in • der Film • die Serie • das Märchen • das Buch

deutsch • gut • berühmt • bekannt • spannend • interessant • lustig • ...

- Kennst du einen deutschen Regisseur?
- Leider nein. Und du?
- Ja. Ein deutscher Regisseur ist zum Beispiel Roland Emmerich.

3 Welchen Film oder welche Serie kennen Sie?

a Schreiben Sie einen Text. Arbeiten Sie mit dem Wörterbuch. Die App hilft.

b Tauschen Sie Ihre Texte zu zweit. Sind alle Adjektive richtig? Lesen Sie. Markieren Sie.

c Hängen Sie Ihren Text im Kursraum auf. Lesen Sie die anderen Texte. Sprechen Sie in Gruppen.

- Oh, den Film kenne ich auch. Es ist ein sehr lustiger Film.
- Ich kenne den Film nicht. Ist er spannend?

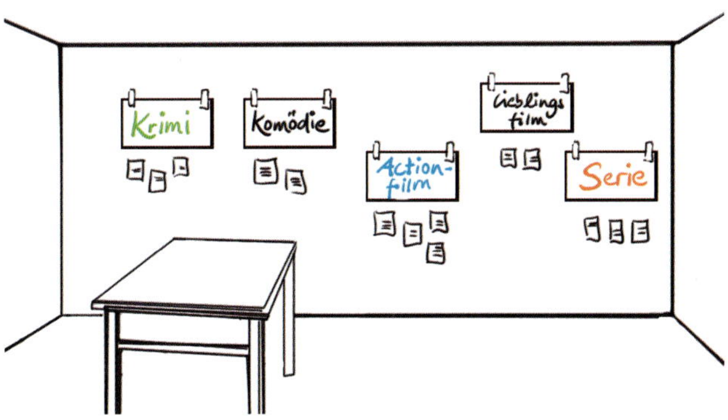

das Märchen

die Nachrichten

die Sportsendung

der Trickfilm

der Actionfilm

C Ich habe das doch gelesen!

1 Ist das denn wahr?

a Welche Überschrift passt? Lesen Sie. Ordnen Sie zu.

Schauspieler gestorben • Fitness für alle • Ein neues Einkaufszentrum • Das Nachbarschaftshaus kocht

Nachrichten

aus der Region

MITTWOCH, 17. JULI 24/07

Am Wochenende beginnt die Aktion „Wir machen unsere Straße schön". Auch die Bewohnerinnen und Bewohner in der Krusestraße machen mit: Sie sammeln Müll, putzen Bänke und Haltestellen und pflegen Blumen und Bäume. Eine nette Überraschung: Das Nachbarschaftshaus kocht für alle – wie uns Hausmeister Uwe Klauke im Interview gesagt hat. Da macht das Arbeiten Spaß!

Der bekannte Schauspieler Alois Katzelbacher ist tot. Er ist am letzten Sonntag im Alter von 104 Jahren gestorben. Katzelbacher hat in vielen Filmen und Theaterstücken gespielt. Die Trauerfeier findet am nächsten Wochenende im Rathaus statt.

Ab Mittwoch trifft sich die Fitnessgruppe „Friedenauer Füchse" wieder zweimal in der Woche: mittwochs und sonntags immer um 17 Uhr im Stadtpark. Natürlich nur, wenn das Wetter schön ist. Auf dem Programm stehen Joggen, Gymnastik und Ballspiele. Willkommen sind junge und alte Menschen mit und ohne Behinderung.

Am Montag öffnen die „Park-Arkaden" ihre Türen für die Kunden. Nach elf Jahren Bauzeit kann man hier jetzt alles kaufen: von Schreibwaren bis zu Sportartikeln. Und wenn Sie nach dem Einkaufen eine Pause machen wollen, dann besuchen Sie doch das indische Restaurant im vierten Stock oder trinken Sie einen Kaffee im Café „Kaffeezeit".

Lernziele: Kurznachrichten verstehen • Informationen weitergeben • über falsche Nachrichten in Medien sprechen •

b **Wer, was, wann und wo? Wählen Sie einen Text in a. Lesen Sie noch einmal. Machen Sie Notizen.**

Text: Fitness für alle
Wer? Fitnessgruppe: junge, alte Menschen
Was? ...
Wann? ...
Wo? ...

c **Was haben Sie gelesen? Arbeiten Sie zu viert. Erzählen Sie.**

d **Was denken Sie: Welcher Text enthält falsche Informationen? Warum? Sprechen Sie im Kurs.**

etwas nicht glauben	reagieren
Stimmt das? Wie bitte?	Das stimmt nicht. Das habe ich nicht gesagt.
Was stimmt denn jetzt? Was ist richtig?	Aber es steht doch da!
Ist das denn wahr?	Ich glaube, das ist nicht wahr / das ist falsch.
Was haben Sie denn wirklich gesagt?	Das ist eine Lüge / eine falsche Nachricht.
Wer hat recht?	Das stimmt, ich bin sicher. Das ist wahr.

- Ich glaube, der Text *Ein neues Einkaufszentrum* ist falsch. Elf Jahre Bauzeit? Ist das denn wahr?
- Aber es steht doch da!

2 Aber es steht doch da!

17 **a** **Was ist das Problem? Sehen Sie das Video (Teil 1). Sprechen Sie im Kurs.**

18 **b** **Wie reagiert Herr Klauke auf das Problem? Sehen Sie das Video (Teil 2). Kreuzen Sie an.**

1. ☐ Er sucht im Internet andere Artikel.
2. ☐ Er sagt, dass der Journalist lügt.
3. ☐ Er zeigt Nino Arabuli einen anderen Artikel.

18 **c** **Welche anderen Versionen gibt es noch? Sehen Sie das Video (Teil 2) noch einmal. Sprechen Sie im Kurs. Vergleichen Sie mit dem Artikel in 1a.**

- In einer Zeitung steht, dass ...
- Und im Internet ...

3 Lüge oder Wahrheit?

a **Was stimmt? Schreiben Sie drei Sätze über sich auf einen Zettel. Ein Satz ist falsch.**

1. Ich rauche nicht.
2. Ich mache gern Sport.
3. Ich sehe gern Krimis.

b **Welcher Satz ist falsch? Arbeiten Sie in Gruppen. Lesen Sie vor. Die anderen raten.**

- Ich rauche nicht. Ich mache gern Sport. Ich sehe gern Krimis.
- Du rauchst nicht? Stimmt das? Ich habe dich draußen mit einer Zigarette gesehen! Ich glaube, Satz eins ist falsch.

D Es gibt ein gemütliches Café.

1 Mit Plakaten lernen

a **Welche Adjektive kennen Sie? Arbeiten Sie in Gruppen. Sammeln Sie Adjektive aus Kapitel 11.**

b **Wie schreiben Sie neue Grammatik auf: mit Bildern oder Farben, in Tabellen? Sammeln Sie Ideen. Gestalten Sie ein Plakat zu Adjektiven. Benutzen Sie die Adjektive aus a.**

c **Hängen Sie Ihr Plakat auf. Präsentieren Sie im Kurs.**

d **Arbeiten Sie in Gruppen. Sprechen Sie die Adjektive mit Emotionen (laut, leise, traurig, fröhlich, schnell).**

2 Hier sind die Kurznachrichten am Morgen.

2.04

a **Was ist das Thema? Hören Sie. Kreuzen Sie an.**

1. ☐ ein neuer Ort für Jugendliche
2. ☐ ein neues Einkaufszentrum

2.04

b **Was gibt es? Hören Sie noch einmal. Ergänzen Sie.**

Es gibt ...

1. ein ______________ Café,
2. eine ______________ Bibliothek,
3. ______________ Computer,
4. und einen ______________ Garten.

c **Was denken Sie: Welche Adjektive fehlen? Ergänzen Sie. Es gibt mehrere Möglichkeiten.**

Nachrichten

news +++ Nachrichten +++ news +++ Nachrichten +++ news +++ Nachrichten +++ news

Am Sonntag endet das Film-Festival in Offenbach. Zwei Wochen lang konnten 7.000 Besucher*innen ______________ Filme aus aller Welt sehen. Es gibt auch schon einen Gewinner: Den Film „Nirvana" von Regisseurin Yuki Saita. Im Film geht es um einen Mann und seine ______________ Reise um die Welt. Die Hauptrolle spielt ein ______________ Schauspieler: Taro Ishida. Das Festival endet mit einem Fest: Es gibt ______________ Musik und ______________ Getränke!

d **Arbeiten Sie zu dritt. Welche Adjektive haben Sie und die anderen ergänzt? Lesen Sie Ihren Text vor. Vergleichen Sie.**

3 Morgens höre ich immer Radio.

a **Welche Medien nutzt Hanna? Was macht sie? Sprechen Sie zu zweit.**

1 am Morgen Zeit haben – die Zeitung lesen

2 frühstücken – Nachrichten im Radio hören

3 im Büro sein – am Computer arbeiten

4 unterwegs sein – oft auf dem Smartphone chatten

5 Zeit haben – gern ein Buch lesen

6 am Abend allein sein – manchmal fernsehen

Wenn Hanna am Morgen Zeit hat, liest sie die Zeitung.

b **Mein Tag mit dem Smartphone. Was machen Sie wann? Schreiben Sie einen Text über sich.**

Wenn ich frühstücke, lese ich auf meinem Smartphone Nachrichten.
Wenn ...

c **Wie machen Sie es, wie machen es die anderen? Arbeiten Sie in Gruppen. Lesen Sie Ihren Text Satz für Satz laut. Machen es die anderen auch so? Dann stehen sie auf.**

4 Alles klar? Wollen Sie mehr üben?

a **Was hat Ihnen gefallen? Was war schwer? Was war leicht? Sprechen Sie im Kurs.**

b **Wiederholen Sie und üben Sie in der App. Wählen Sie A (leichte Übungen) oder B (schwere Übungen).**

12 In der Schule

A

B

C

D

A Wie war es in der Schule?

1 Oh, die Pause ist zu Ende!

der Schulhof • die Gruppenarbeit • der Deutschunterricht • der Schulsport

a **Wo sind die Kinder und Jugendlichen? Was machen sie? Sprechen Sie im Kurs.**

2.05 **b** **Welches Foto passt? Hören Sie. Ordnen Sie zu.**

c **Was gibt es in der Schule? Was braucht man und was macht man dort? Sammeln Sie Wörter in Gruppen. Die Fotos oben und die Bildleiste helfen.**

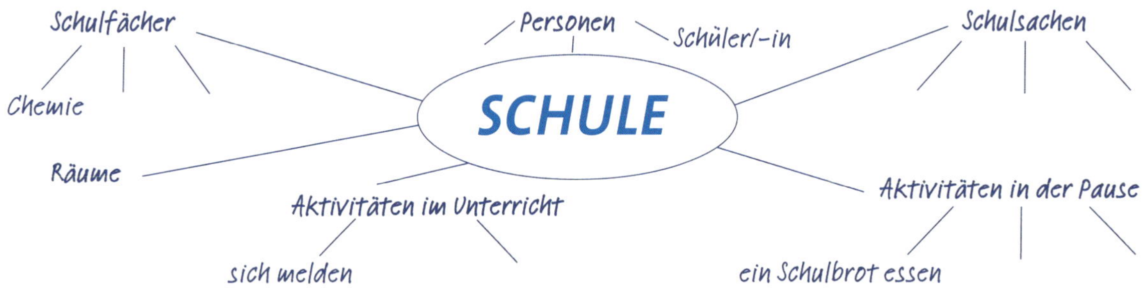

d **Schule in Deutschland. Was wissen Sie? Sprechen Sie im Kurs. Die Wörter in c helfen.**

e **Kennen Sie weitere Wörter mit *Schul-*? Sammeln Sie. Achten Sie auf den Artikel.**

Komposita (Nomen + Nomen)

der Schulunterricht
das Schulbuch
die Schultasche

Lernziele: über Schule sprechen • ein Interview über Schulerfahrungen verstehen und führen • Schularten und Schulfächer in verschiedenen

2 Ich wollte zum Gymnasium wechseln, wie meine Freunde.

a Was passt? Lesen Sie. Ergänzen Sie die Grafik.

Hauptschule • Realschule • Grundschule • Hochschule

Heute im Interview: Cem Özdemir

Herr Minister, Sie arbeiten jetzt als Politiker. Wie war Ihr Anfang in der Schule?
Im Kindergarten wollte ich gerne zur Schule gehen. Aber gleich am ersten Tag in der ersten Klasse habe ich etwas falsch gemacht und die Lehrerin hat mich bestraft. Das war ein schlechter Start. Ich hatte schlechte Noten und meine Eltern konnten mir nicht helfen, weil sie nicht so gut Deutsch gesprochen haben.
Und nach der Grundschule?
Ich wollte zum Gymnasium wechseln, wie meine Freunde. Ich durfte aber nicht, weil ich schlechte Noten hatte. Ich musste zur Hauptschule gehen.
Hatten Sie in der Hauptschule dann bessere Noten?
Am Anfang nicht, aber meine Mutter hat Nachhilfe für mich organisiert. Das war mein Glück! Ich habe dann gern gelernt und hatte gute Noten. Kurze Zeit später konnte ich zur Realschule wechseln. Meine Lieblingsfächer waren Geschichte, Gemeinschaftskunde und Deutsch. Oft auch Religion.
Was haben Sie nach dem mittleren Abschluss gemacht?
Ich habe eine Ausbildung zum Erzieher und das Fachabitur gemacht. Die Arbeit mit Kindern macht mir Spaß.
Sie haben dann auch noch studiert.
Genau, ich habe an der Hochschule Sozialpädagogik studiert.
Herr Minister, ich danke Ihnen für das Interview.

Cem Özdemir
1965 in Bad Urach geboren
1994 erster Abgeordneter im Bundestag mit türkischen Eltern
seit 2021 Bundesminister für Ernährung und Landwirtschaft

	Fachhochschule	Universität/__________	
__________	__________	Gymnasium	Gesamtschule
	__________		

b Was wollte Cem Özdemir? Was durfte er nicht? Was musste er? Was konnte er? Sprechen Sie im Kurs.

c Welche Schularten kennen Sie? Wie lange besucht man die Schulen? Sprechen Sie im Kurs.

d Arbeiten Sie zu zweit. Fragen Sie Ihre Partnerin / Ihren Partner. Machen Sie Notizen.

1. Wann und wie lange sind Sie zur Schule gegangen?
2. Sind Sie gern zur Schule gegangen? Warum (nicht)?
3. Welche Schulfächer hatten Sie? Was war Ihr Lieblingsfach?

e Was finden Sie interessant? Wählen Sie eine Information. Erzählen Sie im Kurs.

Yan ist gern zur Grundschule gegangen. Sein Lehrer hat nie geschimpft. Er hatte immer gute Laune.

(das) Deutsch

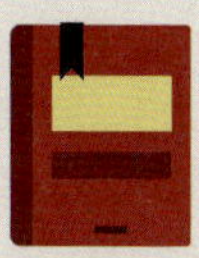
(das) Englisch

(der) Sport

(die) Kunst

(die) Musik

(die) Geo(grafie)

B Ich komme zum Elternabend.

1 Liebe Eltern, ...

a Was? Wo? Wann? Lesen Sie. Schreiben Sie den Termin im Kalender.

Liebe Eltern,

ich möchte Sie ganz herzlich zu unserem ersten Elternabend in diesem Schuljahr am 9.9. um 18:30 Uhr einladen.

Die Themen sind:

1. Informationen zum Unterricht
2. Klassenfahrt
3. Vorstellung von neuen Lehrer*innen
4. Wahl der Elternvertreter*innen
5. Schulfest

Der Elternabend findet im Klassenraum 6b, Gebäude B, 3. Stock, statt.
Füllen Sie den Abschnitt unten bitte aus. Geben Sie den Abschnitt Ihrem Kind bis zum 2.9. mit.

Herzliche Grüße
Devin Basar

✂- -

Name des Kindes: ______________________________

Bitte ankreuzen:

☐ Ich komme zum Elternabend. ☐ Ich kann leider nicht zum Elternabend kommen.

____
Unterschrift der Eltern

b Was müssen die Eltern vor dem Elternabend tun? Sprechen Sie im Kurs.

Lernziele: einen Elternbrief verstehen • Informationen auf einem Elternabend verstehen • einen Brief / eine E-Mail an die Lehrerin /

2 Herzlich willkommen zum Elternabend!

2.06 **a** **Über welche Punkte spricht der Lehrer? Hören Sie. Markieren Sie in 1a.**

2.06 **b** **Hören Sie noch einmal. Machen Sie Notizen.**

Frau Petruk: ______________________________

____

Taschenrechner: ______________________________

____

Noten: ______________________________

____

c **Was passt? Verbinden Sie.**

1. Worauf sollen die Eltern warten?
2. Worüber können die Eltern mit Herrn Basar sprechen?
3. Worüber kann Herr Basar informieren?
4. Worüber freut sich Herr Basar?
5. Wonach können die Eltern fragen?
6. Worauf bereiten sich die Kinder vor?

a Nach einem Termin.
b Auf den Brief.
c Auf die Klassenfahrt.
d Über finanzielle Hilfen.
e Über die Noten.
f Über die fleißigen Kinder.

d **Markieren Sie die Verben in c wie im Beispiel. Ergänzen Sie.**

warten _auf_ (+ *Akkusativ*)

sich freuen ______________ (+ *Akkusativ*)

(sich) informieren ______________ (+ *Akkusativ*)

sich vorbereiten ______________ (+ *Akkusativ*)

fragen ______________ (+ *Dativ*)

sprechen ______________ (+ *Akkusativ*) mit (+ *Dativ*)

Verben mit Präpositionen

warten auf (+ *Akkusativ*)
Worauf warten die Eltern?
Sie warten **auf** den Brief.

fragen nach (+ *Dativ*)
Wonach fragen die Eltern?
Sie fragen **nach** einem Termin.

e **Wählen Sie in d vier Verben. Schreiben Sie Fragen mit den Verben. Fragen Sie und antworten Sie.**

1. Worüber hast du dich gestern gefreut?
2. Worüber sprichst du mit deiner Freundin oft?
...

3 Sehr geehrter Herr Basar, ...

a **Schreiben Sie eine E-Mail an den Lehrer Herrn Basar. Die App hilft.**

– Danken Sie für die Informationen zum Mathematikunterricht.
– Fragen Sie nach finanzieller Hilfe für den Taschenrechner.

b **Vergleichen Sie Ihre E-Mails zu zweit.**

C Wir haben Zeugnisse bekommen.

1 Die Note 1 bedeutet in Deutschland *sehr gut*.

a Welche Noten hat Sabrije bekommen? Welche Zahlen sind das? Lesen Sie. Sprechen Sie im Kurs. Die Bildleiste hilft.

Zeugnis

für: **Sabrije Leka**

geboren am: 05.09.2010 Klasse: 10b 1. Halbjahr / ~~Schuljahr~~: 2024/2025

Versäumte Unterrichtstage: 5 davon unentschuldigt: 0 Verspätungen: 2

Deutsch: gut
mündlich: gut schriftlich: sehr gut

Englisch: gut
mündlich: gut schriftlich: befriedigend

Mathematik: gut

Biologie: mangelhaft

Physik: gut

Chemie: ausreichend

Geschichte: ausreichend

Geografie: ausreichend

Musik: sehr gut

Kunst: befriedigend

Sport: sehr gut

Günzburg, 25.01.2025

Nivia Mattern
(Schulleiterin/Schulleiter)

Devin Basar
(Klassenlehrerin/Klassenlehrer)

Sabrije hat in Deutsch die Note *gut*. Das ist eine 2.

b Arbeiten Sie zu zweit. Wählen Sie einen Text in der App (A oder B). Ihre Partnerin / Ihr Partner wählt den anderen Text. Lesen Sie. Machen Sie Notizen. Sie haben nicht zu allen Punkten Informationen.

1. das Halbjahreszeugnis
2. das Jahreszeugnis
3. das Hauptfach
4. in einem Fach bestehen
5. sitzenbleiben
6. die Nachprüfung

c Was haben Sie erfahren? Was bedeuten die Wörter in b? Sprechen Sie zu zweit.

d Welche Noten kennen Sie aus anderen Ländern? Sprechen Sie im Kurs.

In Deutschland ist die 6 eine sehr schlechte Note. Wenn man eine 6 hat, muss man die Klasse wiederholen. In ... ist das anders: ...

das Zeugnis

die Note

1 

sehr gut

2 

gut

Lernziele: ein Schulzeugnis verstehen • Noten in verschiedenen Ländern vergleichen • über die Bedeutung von Schulnoten sprechen •

2 Zeig mal dein Zeugnis!

a **Was denken Sie: Was sagen Nino Arabuli, Dawit und Aaron Mahlangu? Sprechen Sie zu zweit.**

19 **b** **Wie ist das Zeugnis von Dawit? Sehen Sie das Video. Sprechen Sie im Kurs.**

19 **c** **Was ist falsch? Sehen Sie das Video noch einmal. Korrigieren Sie die Sätze.**

1. Dawit möchte das Zeugnis zuerst dem Vater zeigen.
2. Er hat in Geografie eine gute Note.
3. Seine mündliche Note ist gut.
4. Er hat schlechte Noten in Mathe und Bio.

d **Was ist eine mündliche Note? Was ist eine schriftliche Note? Was steht auf dem Zeugnis? Sprechen Sie im Kurs.**

e **Loben oder kritisieren? Ordnen Sie zu.**

Das hast du gut gemacht! • Oh, das sieht aber nicht gut aus. • Wie ist das denn passiert? • Na ja, du musst mehr mitarbeiten. • Das sieht doch gut aus! • Gut gemacht!

loben	kritisieren
______________	______________
______________	______________
______________	______________

2.07 **f** **Phonetik: *b* und *p*. Hören Sie. Sprechen Sie nach.**

1. b: die Biologie – befriedigend – aber – loben
2. p: die Politik – die Prüfung – passieren – das Hauptfach

2.08 **g** **Was hören Sie: *b* oder *p*? Hören Sie. Sprechen Sie nach.**

loben – sie lobt   geben – es gibt   ein halbes Jahr – das Halbjahr

3 Gut gemacht!

Arbeiten Sie zu dritt. Wählen Sie A oder B. Spielen Sie die Dialoge. Verwenden Sie die Redemittel in e.

A **Spielen Sie die Situation aus dem Video:** Dawit spricht mit Aaron und mit seiner Mutter über sein Zeugnis.

B **Spielen Sie eine ähnliche Situation:** Dawit spricht mit seinem Vater und mit seiner Mutter über sein Zeugnis.

3 
befriedigend

4 
ausreichend

5 
mangelhaft

6 
ungenügend

D Worüber freust du dich?

1 Das Wort ist für mich besonders wichtig.

a **Welche Wörter sind in diesem Kapitel für Sie wichtig? Wählen Sie drei Wörter aus.**

b **Warum sind die Wörter für Sie wichtig? Arbeiten Sie zu viert. Vergleichen Sie Ihre Wörter.**

Das Wort *Realschule* ist für mich besonders wichtig. Meine Tochter ist jetzt in der Grundschule. Ich hoffe, dass sie danach zur Realschule wechseln kann.

Ich finde das Wort *Politik* besonders wichtig, weil ich mich für Politik interessiere – in meinem Land und in Deutschland.

2 Ich freue mich über die Eins!

a **Wählen Sie fünf Verben aus. Schreiben Sie Sätze. Schneiden Sie die Sätze in zwei Teile. Mischen Sie dann die Zettel.**

sich freuen über • warten auf • sich interessieren für • sich vorbereiten auf • bitten um • informieren über • helfen bei • sprechen über • sich ärgern über • fragen nach

die Eins in Mathe • eine Antwort • die Prüfung • die Hilfe • die Pläne • die Probleme • der Klassenausflug / der Ausflug • die Noten • der Termin • Musik • das Formular ...

b **Wie sind die Sätze richtig? Tauschen Sie Ihre Sätze mit einer Person. Ordnen Sie zu.**

c **Arbeiten Sie mit einer anderen Person. Sprechen Sie wie im Beispiel.**

Ich freue mich ... Ach, egal.

Sag mal, worüber freust du dich?

Über die Eins in Mathe.

3 Mit Textbausteinen arbeiten

a **Was schreibt Frau Kovac? Lesen Sie rechts. Ergänzen Sie.**

Was? ______________________________

Wann? ______________________________

Worum bittet sie? ____

Lernziele: Wörter mit persönlichen Erfahrungen verbinden • Verben mit Präpositionen • Strategie: mit Textbausteinen arbeiten •

An... Alle

Betreff Unser Sportfest

Senden

Liebe Sportmitglieder,

am 3.6. findet von 15 bis 19 Uhr unser Sportfest statt. Das Fest organisieren alle Sportgruppen zusammen. Unsere Gruppe organisiert in diesem Jahr den Kuchenstand und wir brauchen eure Hilfe.
Wer kann ...
- einen Kuchen backen?
- am Stand helfen (Kaffee kochen, Kuchen verkaufen)?
- den Stand aufbauen?
- ab 19 Uhr aufräumen?

Bitte schreibt mir, wie und wann ihr helfen könnt.

Vielen Dank und herzliche Grüße
eure Marina Kovac

b Was können Sie machen? Wählen Sie Textteile aus. Schreiben Sie eine Antwort.

Hallo Marina, • Liebe Frau Kovac, • ich kann gerne beim Sportfest helfen. • Viele Grüße • Ich kann einen Apfelkuchen backen. • Ich kann von 15 bis 17 Uhr Kaffee und Kuchen verkaufen. • Ich kann eine Suppe kochen. • Ich kann leider nicht zum Sportfest kommen, aber ich kann einen Kuchen backen. • Ich kann schon um 14 Uhr kommen und den Stand aufbauen. • Ich kann am Ende aufräumen. • Ich kann nicht helfen.

c Was ist gleich? Was ist anders? Vergleichen Sie Ihre Texte zu zweit.

4 Was ist denn hier passiert?

a Was ist hier passiert? Wählen Sie eine Situation (A oder B). Schreiben Sie einen Dialog zu zweit.

A

der Kuchen: schwarz sein
einen neuen Kuchen backen

B

der Kuchen: auf den Boden fallen
einen neuen Kuchen kaufen

b Arbeiten Sie zu viert (zwei Paare A oder zwei Paare B). Spielen Sie den Dialog. Was war gut? Geben Sie Feedback.

5 Alles klar? Wollen Sie mehr üben?

a Was hat Ihnen gefallen? Was war schwer? Was war leicht? Sprechen Sie im Kurs.

b Wiederholen Sie und üben Sie in der App. Wählen Sie A (leichte Übungen) oder B (schwere Übungen).

TREFFPUNKT

Was posten Sie in den sozialen Medien?

Viele Menschen posten Beiträge zu ihrem Beruf oder zu ihrem Hobby. Wir zeigen Ihnen drei Beiträge mit den meisten Likes in diesem Monat.

Die Hausmeisterinnen SVENJA & KATHA

Jede Woche zeigen wir euch unsere Arbeit. Heute waren wir in einer Schule und haben den Keller aufgeräumt. Unser Tipp: Sortieren! Was kommt wohin und was kann man wegwerfen? Jetzt ist wieder Platz in den Regalen!
Wir lieben unseren Job! Habt ihr auch einen Job, der Spaß macht? Schreibt uns!
#arbeitdiespassmacht

Herzlich willkommen bei *Backen mit Younes*!
Hi, ich bin Younes und ich komme aus Marokko. Seit 5 Jahren lebe und arbeite ich in Erfurt. Ich koche und backe sehr gerne! Ich habe alles von meiner Großmutter gelernt. Hier möchte ich ihre Rezepte mit euch teilen. Mein Lieblingskuchen ist Basbousa. Probiert ihn mal!

Was ist euer Lieblingsrezept?

30 Minuten Sport zu Hause!

Keine Zeit für Sport? Das stimmt nicht! Alle haben eine halbe Stunde am Tag. Ich bin Franjo und ich zeige euch Übungen für zu Hause. Schreibt mir, wie ihr die Übungen findet!

Mo: *Hi, Franjo, du zeigst alle Übungen sehr gut – es hat Spaß gemacht. Danke!*
Olli: *Ich habe 10 Jahre keinen Sport gemacht. Aber die Übungen mit dir sind toll und ich fühle mich suuuper!*

1 Was posten Sie in den sozialen Medien?

a Welche Informationen sind falsch? Lesen Sie. Korrigieren Sie.

1. Svenja und Katha sind Hausfrauen. Sie posten Beiträge zu ihrer Arbeit.
2. Younes kocht und backt wie seine Mutter. Er zeigt seine Gerichte in den sozialen Medien.
3. Franjo zeigt Sport-Übungen für zu Hause. Sein Online-Training dauert eine Stunde.

b Wählen Sie einen Text. Schreiben Sie einen Kommentar.

c Projekt. Folgen Sie einer Person in den sozialen Medien? Schreiben Sie einen Steckbrief. Präsentieren Sie im Kurs.

Name?
Medium?
Thema?
Was finden Sie gut? Was nicht so gut?

Ich folge ... Sie/Er postet auf ... Sie/Er zeigt ...

TREFFPUNKT

Wir fragen zwei Elternpaare: Brauchen Kinder ein Smartphone?

Familie Fahrah:
Wir finden: Ja. Alessio, unser Sohn, hat mit 6 Jahren ein Smartphone bekommen. Wir finden das wichtig, weil wir ihn jetzt anrufen können, wenn es nötig ist. Und er kann uns eine Nachricht schreiben, wenn er später kommt.
Ein Vorteil ist auch, dass er mit dem Smartphone lesen und schreiben übt, weil er die Nachrichten selbst tippt. Und es gibt viele coole Apps für die Schule.
Uns gefällt auch, dass Alessio mit dem Smartphone kreativ sein kann: Er kann Fotos machen oder kleine Filme drehen. Das ist einfach toll.

Familie Bennua:
Wir finden, dass Kinder kein Smartphone brauchen. Unsere Töchter Lea und Ana sind 4 und 6 Jahre alt. Sie haben kein Smartphone. Warum muss man als Kind schon ein Smartphone haben? Wir möchten, dass unsere Kinder viel mit anderen Kindern spielen, Sport machen und in der Natur sind. Das geht alles ohne Smartphone.
Wir denken, dass Kinder unter 10 Jahren zu jung für ein Smartphone sind. Ein Smartphone ist sehr teuer und sie können es leicht verlieren oder es geht kaputt. Das macht doch nur Stress!

2 Brauchen Kinder ein Smartphone?

2.09

a Was sagen die Eltern? Brauchen Kinder ein Smartphone? Warum (nicht)? Lesen Sie und hören Sie. Machen Sie Notizen.

pro	contra
– Eltern können anrufen	– ...
– ...	

b Was meinen Sie? Brauchen Kinder ein Smartphone? Warum (nicht)? Sprechen Sie im Kurs.

- Wenn Kinder noch klein sind, brauchen sie kein Smartphone.
  Wenn sie 10 oder 12 Jahre alt sind, ist es wichtig, dass ...
- Findest du? Ich finde nicht. Ich denke, dass ...

13 Selbstständig arbeiten

A Das ist interessant, aber ...

1 Mir geht es richtig gut.

a **Was denken Sie: Worüber sprechen Nino Arabuli, Aaron Mahlangu und Herr Klauke? Sprechen Sie in Gruppen.**

20 **b** **Waren Ihre Vermutungen richtig? Sehen Sie das Video. Sprechen Sie im Kurs.**

20 **c** **Richtig oder falsch? Sehen Sie das Video noch einmal. Kreuzen Sie an.**

	richtig	falsch
1. Aaron hatte fast einen Unfall auf dem Weg zur Arbeit.	☐	☐
2. Die Frau vom Blumenladen hat geschimpft.	☐	☐
3. Aaron hat im Blumenladen eine Blume gekauft.	☐	☐
4. Aaron schenkt Nino die Blume zum Geburtstag.	☐	☐

d **Wie reagiert Herr Klauke? Wie finden Sie das? Sprechen Sie im Kurs.**

e **Wie kann man ein Gespräch beginnen? Und wie beenden? Ordnen Sie rechts zu.**

~~Schön, dich zu sehen. Wie geht's?~~ • ~~Ich muss jetzt wirklich gehen.~~ • Wir haben uns lange nicht gesehen. • Du siehst gut aus! • Vielleicht können wir später darüber sprechen? • Das ist interessant, aber ... • Schön, dass du da bist. • Wie war dein Wochenende? • Schön, Sie kennenzulernen. • Tut mir leid, aber ich muss jetzt arbeiten. • Meine Pause ist leider vorbei.

Lernziele: Smalltalk am Arbeitsplatz führen • einen Magazinartikel über Smalltalk verstehen • Themen für Smalltalk am Arbeitsplatz in

ein Gespräch beginnen	ein Gespräch beenden
Schön, dich zu sehen. Wie geht's?	Ich muss jetzt wirklich gehen.

2 Schönes Wetter heute!

a Wie macht man Smalltalk? Welche Tipps stehen im Text? Lesen Sie. Kreuzen Sie an.

Kommunikation und Erfolg

SMALLTALK kann man lernen!

Können Sie gut mit Menschen sprechen, auch wenn Sie sie nicht gut kennen? Zum Beispiel bei der Arbeit oder auf einer Feier? Oder finden Sie das schwierig und wissen nicht, wie Sie das Gespräch anfangen sollen? Hier sind unsere Tipps für den perfekten Smalltalk:

Kennen Sie den Namen nicht oder haben Sie ihn vergessen? Das ist nicht schlimm, dann fragen Sie zuerst: „Guten Tag, Herr/Frau ... Entschuldigung, wie war noch einmal Ihr Name?"
Fragen sind für den Anfang perfekt. Fragen Sie zum Beispiel: „Arbeiten Sie schon lange hier?" Oder wenn Sie zusammen in der Kantine sind: „Wie schmeckt Ihnen das Essen?" So finden Sie schnell Gemeinsamkeiten: Sie und die andere Person sind vielleicht beide neu in der Firma oder Sie mögen beide das Gericht. Plötzlich ist das Sprechen ganz leicht.

Beliebte Themen sind auch: das Wetter, Sport, Freizeit, Städte und Länder, Reisen oder Arbeit und Beruf. Mit bestimmten Fragen muss man aber vorsichtig sein. Wenn man Personen nicht so gut kennt, sollte man besser nicht über persönliche Probleme wie Krankheiten oder über Geld, Politik oder Religion sprechen.

Ein letzter Tipp für das Ende vom Gespräch: Sagen Sie: „Schön, dass wir uns kennengelernt haben." Oder: „Meine Pause ist leider vorbei. Ich muss mich beeilen, sonst komme ich zu spät. Ich hoffe aber, dass wir uns bald wiedersehen!" So beenden Sie das Gespräch positiv.

1. ☐ das Gespräch mit Fragen anfangen
2. ☐ nach dem Namen fragen
3. ☐ lange Geschichten erzählen
4. ☐ über Hobbys oder die Arbeit sprechen
5. ☐ ähnliche Interessen suchen
6. ☐ über Probleme sprechen
7. ☐ das Gespräch nicht selbst beenden
8. ☐ zum Schluss etwas Positives sagen

b Wie kennen Sie es? Über welche Themen sprechen Sie? Sprechen Sie im Kurs.

Wenn ich eine Person nicht so gut kenne, dann spreche ich oft über ...

c Arbeiten Sie zu zweit. Wählen Sie eine Situation (A, B oder C). Spielen Sie einen Dialog. Die App hilft.

A Sie treffen am Morgen eine Kollegin / einen Kollegen.

B Sie lernen im Kurs eine Person kennen.

C Sie lernen auf einer Party eine Person kennen.

B Ein neuer Kollege, der Autos reparieren kann.

1 Schön, dass Sie da sind.

2.10 **a Wer ist Herr Döring? Und wer ist Frau Alessi? Hören Sie. Sprechen Sie im Kurs.**

2.11 **b Welche Räume zeigt Frau Alessi? Hören Sie weiter. Kreuzen Sie in der Bildleiste an.**

c Was passt zusammen? Verbinden Sie.

1. Frau Alessi ist die Kollegin,	a die in der Werkstatt arbeiten.
2. Herr Müller ist ein Kollege,	b der als Verkäufer arbeitet.
3. Herr Döring lernt Kollegen kennen,	c die Herrn Döring alles zeigt.

d Lesen Sie den Grammatikkasten. Arbeiten Sie zu viert. Wählen Sie jeweils einen Satz. Bilden Sie einen Relativsatz. Schreiben Sie Ihren Relativsatz wie im Beispiel auf Karten.

Relativsätze im Nominativ

Das ist ein Kollege.	Der ~~Kollege~~ arbeitet im Verkaufsraum.	ein/der Kollege, der ...
Das ist ein Kollege,	der im Verkaufsraum arbeitet.	ein/das Auto, das ...
		eine/die Frau, die ...
		--/die Leute, die ...

1. Das ist ein Kollege.	Der Kollege arbeitet im Lager.
2. Das ist ein Auto.	Das Auto fährt nicht mehr.
3. Das ist eine Kollegin.	Die Kollegin hilft immer gerne.
4. Das sind zwei Kollegen.	Die Kollegen arbeiten schon lange hier.

Das ist ein Kollege,	der	im Lager	arbeitet.

e Tauschen Sie Ihre Karten in der Gruppe. Bilden Sie Relativsätze. Die anderen kontrollieren.

f Was sind für Sie gute Kolleginnen und Kollegen? Sprechen Sie zu zweit.

Sie haben Humor. • Sie erklären viel. • Sie haben Geduld. • Sie helfen mir gerne. • Sie kennen die Firma gut. • Sie arbeiten gut. • Sie sind freundlich. • ...

Für mich sind das Kolleginnen und Kollegen, die ...

g Kurskette. Wie sind die Personen in Ihrem Kurs? Sprechen Sie wie im Beispiel.

Sarif ist eine Person, die ...

... immer freundlich ist. Yolanda ist eine Person, die ...

☐ die Werkstatt

☐ die Kantine

☐ das Lager

☐ der Pausenraum

Lernziele: über Arbeitsorte sprechen • etwas erklären/beschreiben • wichtige Mitteilungen am Arbeitsplatz verstehen •

2 Kannst du bitte Frau Müller anrufen?

a Welche Nachrichten sind für die Kolleginnen und Kollegen (A) in der Werkstatt? Welche für die Kundinnen und Kunden (B)? Lesen Sie. Ordnen Sie zu.

1 [A]

Hi Jonas,

rufst du bitte Frau Müller an?
Das ist die Frau, die gestern den blauen VW Taigo zu uns in die Werkstatt gebracht hat. Sie hat noch eine Frage.

Tom

2 [ ]

Lieber Herr Farkas,

wir mussten neue Reifen bestellen und können Ihren Bus heute leider nicht mehr reparieren. Morgen ab 16 Uhr ist er fertig.

Viele Grüße
Joachim Scholz

3 [ ]

Liebe Frau Teichert, Ihr Auto ist fertig. Sie können es heute bis 20 Uhr bei uns abholen. Mit freundlichen Grüßen, Werkstatt Scholz

4 [ ]

Tom 9:34
Sandra, ich habe Reifen bestellt, sie kommen heute bis spätestens 19 Uhr. Ich muss jetzt zum Arzt. Kannst du bitte einen Kollegen finden, der so lange in der Werkstatt bleibt?

5 [ ]

Wir möchten euch einen neuen Kollegen vorstellen, der seit September bei uns in der Werkstatt arbeitet. Herzlich willkommen, Jonas Döring!

6 [ ]

Liebe Kolleginnen und Kollegen,
ich verkaufe 2 Karten für das Spiel *Rot-Weiß Essen* gegen *SC Staaken.*
Stadion Essen, 16.09., 15 Uhr, 16 € / Karte
Sagt bei Interesse Bescheid! Simone

b Welche Informationen fehlen? Lesen Sie noch einmal. Ergänzen Sie.

1. Frau Teichert kann ihr __________ abholen.
2. __________ kann heute nicht bis 19 Uhr arbeiten.
3. Der Bus ist ____________________ fertig.
4. Der neue Kollege heißt ____________________.
5. Jonas soll ____________________ anrufen.
6. Simone verkauft ____________________.

c Arbeiten Sie zu zweit. Wählen Sie eine Situation (A, B oder C). Schreiben Sie eine Nachricht.

A Frau Meier kann ihr Auto heute nicht abholen, es ist nicht fertig. Schreiben Sie eine Nachricht an Tom. Er soll Frau Meier anrufen.

B Sie sind krank und haben einen Termin mit Herrn Abt. Schreiben Sie Sandra. Sie soll ihn informieren und fragen, wann er nächste Woche Zeit hat.

C Im Büro gibt es neue Türen. Schreiben Sie Ihren Kolleginnen und Kollegen, dass sie heute bei Frau Kör ihre Schlüssel tauschen können.

d Tauschen Sie Ihren Text mit einem anderen Paar. Lesen Sie. Spielen Sie einen Dialog.

Tom ruft Frau Meier an. | Sandra ruft Herrn Abt an. | Ein Kollege spricht mit Frau Kör.

[ ] der Verkaufsraum

[ ] der Putzraum

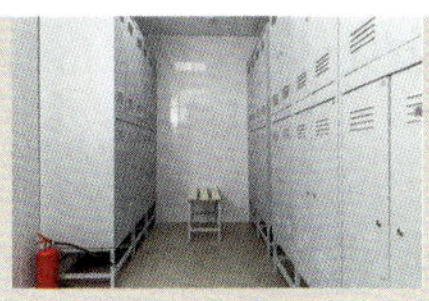

[ ] die Umkleide

[ ] die Buchhaltung

C Meine Arbeit ist spannend.

1 Ich bin selbstständig.

a Was denken Sie: Wer ist selbstständig? Wer ist angestellt? Sprechen Sie im Kurs.

1 ☐

2 ☐

3 ☐

4 ☐

5 ☐

6 ☐

b Welches Foto passt? Lesen Sie. Kreuzen Sie in a an.

Und was machst du so?

Menschen und ihre Arbeit 3/25

Es war an einem Sonntag, ich habe mit Freunden im Park gefrühstückt und alle haben etwas mitgebracht. Dann hat meine Freundin Yasmin gesagt: „Marie, die Marmelade, die du selbst machst, ist fantastisch! Warum verkaufst du sie nicht?" So hat alles angefangen.
Ich habe vor drei Jahren meine Firma gegründet. Der Anfang war stressig. Ich habe alles allein gemacht und hatte nur einen Stand auf dem Wochenmarkt. Ich habe wenig Geld verdient und musste sparsam sein.
Jetzt ist das anders. Ich verdiene mehr und kann sogar einen Mitarbeiter bezahlen: Jamil. Jamil ist fleißig und kreativ. Zusammen stellen wir verschiedene Marmeladen aus Obst und Gewürzen her. Mein Lieblingsrezept ist Erdbeermarmelade mit Basilikum. Zurzeit liefern wir die Marmelade an Supermärkte, haben einen Online-Shop und bieten Workshops an. Natürlich stehen wir auch immer noch auf dem Markt. Es gibt Kundinnen und Kunden, die jede Woche kommen! Das freut mich. Die Arbeit macht mich nicht reich, aber sehr glücklich!

c Lesen Sie noch einmal. Schreiben Sie Antworten.

1. Wer hatte die Geschäftsidee?
2. Wie war es am Anfang?
3. Wer ist Jamil?
4. Wie ist es jetzt?

2.12

d Phonetik: Endung *-ig*. Wann hören Sie *g*? Hören Sie. Markieren Sie.

stressig – ein stressiger Anfang
fleißig – ein fleißiger Mitarbeiter
schwierig – ein schwieriges Problem

g wie *ch*: schwierig
g wie *g*: schwieriger
(manchmal auch *g* wie *k*: schwierig)

2.12

e Hören Sie noch einmal. Sprechen Sie nach.

f Möchten Sie lieber selbstständig oder lieber angestellt sein? Warum? Sprechen Sie im Kurs.

Ich möchte lieber angestellt sein. Dann habe ich jeden Monat ein festes Gehalt.
Ich möchte gerne selbstständig sein, weil ich flexible Arbeitszeiten haben möchte.

Lernziele: über Selbstständigkeit sprechen • Vor- und Nachteile von Selbstständigkeit benennen • die Gründung einer kleinen Firma

2 Das ist ein Beruf, den ich mag.

21

a Sehen Sie das Grammatik-Video. Ergänzen Sie Pfeile wie im Video.

Relativsätze im Akkusativ

Marie hat einen Beruf, **den** sie sehr mag.

Es ist das Rezept, **das** Marie am besten findet.

Sie verkauft eine Marmelade, **die** sie selbst herstellt.

Das sind die Kunden, **die** Marie jede Woche sieht.

b Welchen Beruf haben Sie? Wählen Sie drei Sätze. Schreiben Sie Relativsätze wie im Beispiel.

Ich mag den Beruf (nicht). • Ich finde den Beruf spannend/langweilig. • Ich habe den Beruf in ... gelernt. • Ich möchte den Beruf (nicht) wechseln. • Ich mache den Beruf schon seit ... Jahren. • Man kann den Beruf auf der ganzen Welt machen.

Ich bin Verkäufer von Beruf.
1. Das ist ein Beruf, den ich mag.
2. ...

c Alles richtig? Arbeiten Sie zu dritt. Lesen Sie die Sätze aus b laut. Kontrollieren Sie.

3 Wir gründen eine Firma.

a Sie möchten eine Firma gründen. Was genau möchten Sie machen? Arbeiten Sie zu dritt. Sammeln Sie Ideen. Wählen Sie eine Idee.

Wir könnten Hochzeiten planen. Es gibt immer Leute, die heiraten.

Ja, stimmt. Wir könnten die Feiern organisieren. Wir könnten aber auch ...

b Was bieten Sie an? Wer sind Ihre Kundinnen und Kunden? Was brauchen Sie für die Arbeit? Machen Sie ein Plakat wie im Beispiel.

1. Unser Angebot:	*Wir planen Hochzeiten und organisieren die Feiern.* ...
2. Unsere Kundinnen und Kunden:	*Menschen, die heiraten möchten.*
3. Wir brauchen:	*Einen Raum, der groß und hell ist. Der Raum darf nicht teuer sein.* ...

c Präsentieren Sie Ihre Geschäftsidee im Kurs.

Die Firma, die wir gründen möchten, heißt *die Hochzeitsplaner*. Unsere Kundinnen und Kunden sind Menschen, die heiraten wollen, aber wenig Zeit haben.

Wir möchten ...

D Die Geschäftsidee ist toll.

1 Das ist ein Ding, das ...

a Was ist das? Arbeiten Sie zu viert. Sammeln Sie Beispiele.

1. ... ist ein Ding, das man öffnen und schließen kann.
2. ... ist ein Kleidungsstück, das man zu einer Feier trägt.
3. ... ist eine Person, die anderen Menschen hilft.
4. ... ist ein Verkehrsmittel, das günstig ist.
5. ... ist ein Dokument, das man unterschreiben muss.

Eine Tür ist ein Ding, das man öffnen und schließen kann.

Stimmt, oder ein Fenster.

1. Tür, Fenster, Buch, ...

b Sammeln Sie Beispiele aus a an der Tafel.

c Schließen Sie Ihre Bücher. Fragen Sie und antworten Sie. Arbeiten Sie mit den Wörtern an der Tafel.

Was ist eine Tür? Eine Tür ist ein Ding, das man öffnen und schließen kann.

2 Wie sagt man das?

Wie heißen die Wörter? Arbeiten Sie in Gruppen. Ergänzen Sie. Was ist das Lösungswort?

1. Ein Mensch, der nicht viel Geld ausgibt, ist ...
2. etwas produzieren und an die Kundinnen und Kunden ...
3. Ein Mensch, der für eine Firma arbeitet, ist ...
4. Ein Raum für Mitarbeiter, wenn sie nicht arbeiten, heißt ...
5. selbstständig sein und eine Firma ...
6. Man schreibt in der ... Rechnungen.
7. Autos repariert man in der ...
8. ein Geschäft haben und ... sein
9. Dinge produzieren = etwas ...
10. viel Geld haben = ... sein
11. Im ... sind Materialien und Waren, die man später braucht.

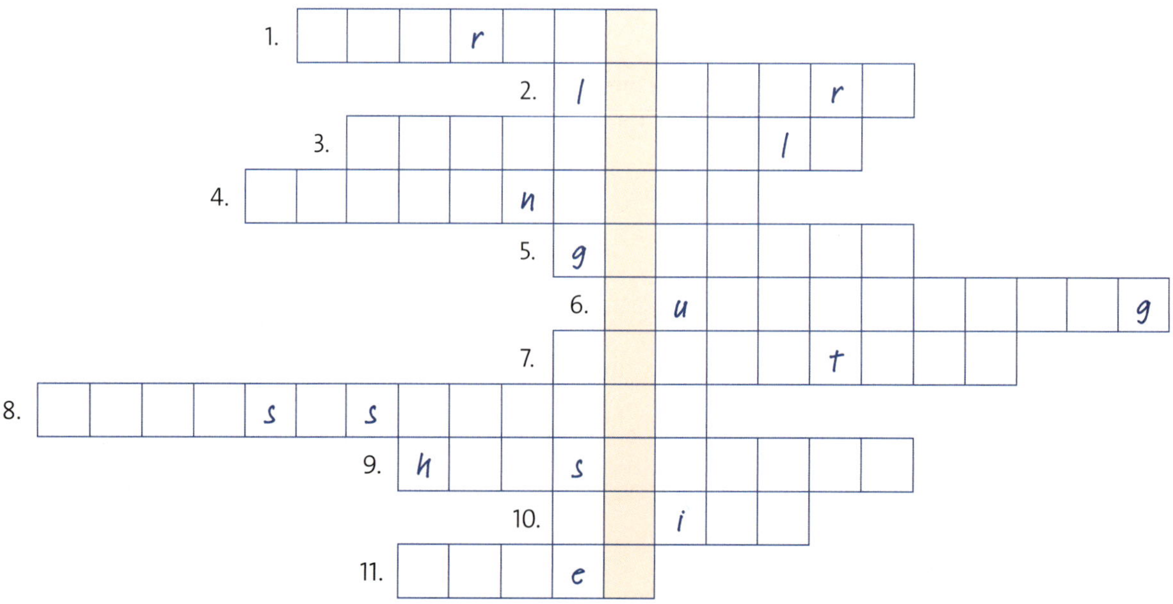

3 Ich habe Sie lange nicht im Haus gesehen.

a Über welche Themen kann man mit Nachbarinnen und Nachbarn sprechen? Sammeln Sie im Kurs.

Man kann über das Wetter sprechen.

Ja, oder man fragt, wie es der Familie geht.

b Sie treffen Ihre Nachbarin / Ihren Nachbarn. Wie beginnen Sie das Gespräch? Über welches Thema sprechen Sie? Sprechen Sie zu zweit.

Hallo, Frau/Herr ... Ich habe Sie lange nicht mehr gesehen. Wie geht´s Ihnen?

Hallo, Frau/Herr ... Danke, gut. Und Ihnen?

Sehr gut. Haben Sie es schon gehört? Es gibt ...

Ach, wirklich? ...

4 Sich auf freies Sprechen vorbereiten

a Wer ist ...? Wählen Sie eine Person (A oder B). Lesen Sie in der App. Schreiben Sie Antworten.

A
Filiz Ögünür

B
Leandro Elizari

1. Wie heißt die Person? ____________________
2. Woher kommt sie? ____________________
3. Was macht sie? ____________________
4. Wo macht sie das? ____________________
5. Wer sind die Kunden? ____________________

b Arbeiten Sie zu zweit. Präsentieren Sie Ihre Person aus a. Schreiben Sie einen Satz für den Anfang und einen Satz für den Schluss von Ihrer Präsentation. Lernen Sie die Sätze auswendig. Sprechen Sie dann frei.

Heute möchte ich euch ... vorstellen.
Ich präsentiere heute die Geschäftsidee von ...
Die Person, die ich heute vorstelle, heißt ...

Die Geschäftsidee gefällt mir, weil ...
Zum Schluss möchte ich noch sagen, dass ich ...
wirklich toll finde.

5 Alles klar? Wollen Sie mehr üben?

a Was hat Ihnen gefallen? Was war schwer? Was war leicht? Sprechen Sie im Kurs.

b Wiederholen Sie und üben Sie in der App. Wählen Sie A (leichte Übungen) oder B (schwere Übungen).

14 Zusammen wohnen

A Ich möchte mich beschweren.

1 Das ist wirklich ärgerlich!

a Was sehen Sie auf den Fotos? Was glauben Sie: Was ist das Problem? Sprechen Sie im Kurs.

der Lichtschalter • die Klingel • der Aufzug • das Licht • der Briefkasten • das Treppenhaus

b Kennen Sie ähnliche Situationen? Sprechen Sie im Kurs.

Ja, bei uns im Treppenhaus geht das Licht oft auch nicht.

2.13 **c Welche Fotos passen? Hören Sie. Ordnen Sie oben zu.**

2.13 **d Was ist falsch? Hören Sie noch einmal. Korrigieren Sie.**

1. Die Frau möchte zu dem Mann.
2. Die Klingel bei der Nachbarin ist seit einer Woche kaputt.
3. Frau Yaman muss vom Erdgeschoss drei Stockwerke laufen.
4. Sie geht mit den beiden Taschen nach oben.

e Unterstreichen Sie die Präpositionen in d. Ergänzen Sie.

Präpositionen *aus, bei, mit, nach, seit, von, zu* mit Dativ

maskulin	neutral	feminin	Plural
zu ______	von ______	seit ______	mit ______

! bei + dem = beim   von + dem = vom   zu + der = zur   zu + dem = zum

Lernziele: ein Beschwerdegespräch verstehen • sich telefonisch (bei der Hausverwaltung) über ein Problem im Haus beschweren und

2 Yaman hier, aus der Bleichstraße.

2.14

a Was ist das Problem? Hören Sie. Schreiben Sie.

Problem: ______________________

Seit wann? ______________________

Lösung: ______________________

Frau Yaman

Frau Meier

2.14

b Wie ist der Dialog richtig? Lesen Sie. Ordnen Sie. Hören Sie dann zur Kontrolle.

☐ Hausverwaltung Best, Meier am Apparat.

Guten Tag, Yaman hier. Ich wohne in der Bleichstraße, im fünften Stock.

☐ Nächste Woche? Aber Frau Meier, das geht nicht. Es ist wirklich dringend. Ich bin 85 Jahre alt und ich wohne im fünften Stock. Ich komme die Treppe nicht so leicht hoch.

Ja, Frau Yaman, ich verstehe Sie. Ich kümmere mich heute sofort. Ich rufe einen Handwerker an und sage Ihnen Bescheid, wenn der Aufzug wieder geht.

☐ Danke! Ich hoffe, dass er den Aufzug reparieren kann. Auf Wiederhören.

Auf Wiederhören.

☐ Seit zwei Tagen.

Frau Yaman, ich habe es notiert. Der Hausmeister kann sich nächste Woche um den Aufzug kümmern.

☐ Ah, guten Tag, Frau Yaman, was kann ich für Sie tun?

Ich möchte mich beschweren. Der Aufzug ist kaputt.

Oh, tut mir leid. Seit wann?

2.15

c Phonetik: *d*. Hören Sie *d* oder *t*? Hören Sie. Sprechen Sie nach.

1. leid – leider – dringend – dringende Probleme
2. Im Erdgeschoss. – Ich sage Bescheid.

3 Es ist dringend.

a Arbeiten Sie zu zweit. Wählen Sie eine Rolle in der App (A oder B). Spielen Sie einen Dialog wie in 2b. Ihre Partnerin / Ihr Partner macht Notizen wie in 2a.

sich beschweren	reagieren
Ich möchte mich beschweren:	Ich verstehe.
... funktioniert schon wieder nicht.	Ja, das ist wirklich ärgerlich.
Ich muss leider sagen, dass ...	Tut mir leid, das ist nicht einfach.
Tut mir leid, aber ... ist kaputt.	Das dauert leider eine Woche.
... geht seit ... nicht (mehr).	Ich kümmere mich sofort.
Es ist dringend, weil ...	Ich sage Bescheid, wenn ...

b Haben Sie alles richtig verstanden? Zeigen Sie Ihrer Partnerin / Ihrem Partner Ihre Notizen.

B Das ist unsere Hausordnung.

1 Bitte schließen Sie immer die Haustür.

a Wie sollte man sich im Haus verhalten? Wie kennen Sie es aus Deutschland oder aus anderen Ländern? Sprechen Sie in Gruppen. Machen Sie eine Liste.

– Nach 22 Uhr sollte man leise sein.

– Man sollte im Treppenhaus keinen Müll auf den Boden werfen.

b Welche Bilder passen? Lesen Sie. Ordnen Sie zu. Die Bildleiste hilft.

Unsere Hausordnung für alle Mieterinnen und Mieter

☐ **Ruhezeiten**

Bitte machen Sie in den allgemeinen Ruhezeiten keinen Lärm in der Wohnung (z. B. laute Reparaturarbeiten oder laute Musik).

Ruhezeiten: Montag–Sonntag: 22:00–6:00 Uhr
Montag–Samstag: 13:00–15:00 Uhr
Sonn- und Feiertage: ganztägig

☐ **Schließzeiten**

Bitte schließen Sie zwischen 22:00 und 6:00 Uhr morgens alle Türen im Haus (Hauseingang, Keller) und das Tor von der Hofeinfahrt ab.

☐ **Sauberkeit**

Bitte halten Sie das Haus und den Hof sauber. Lassen Sie keinen Müll im Treppenhaus, im Keller oder im Hof. So vermeiden wir Extra- Kosten für die Hausreinigung. Das Grillen im Hof und auf den Balkonen ist nicht erlaubt.

☐ **Mülltrennung**

Bitte sortieren Sie den Müll in die richtigen Mülltonnen. So schützen wir die Umwelt.

Vielen Dank, Ihr Vermieter und Ihre Hausverwaltung!

1

2

3
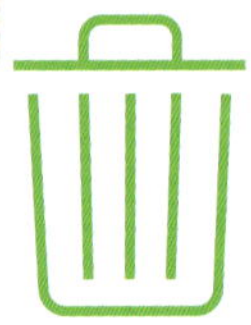

4

Nomen auf *-er*

der Mieter

genauso: der Vermieter, der Bewohner, der Hausmeister
der Lichtschalter, der Feuerlöscher

c Was hat Sie überrascht? Vergleichen Sie die Hausordnung in b mit Ihrer Liste aus a.

Die Ruhezeiten am Nachmittag sind neu für mich. Ich kenne nur Ruhezeiten in der Nacht.

der Lärm

der Müll

der Keller

die Mülltonne

der Hof

die Garage

Lernziele: eine Hausordnung verstehen • über die Bedeutung von Regeln in der Hausordnung sprechen • über die Wohnsituation

2 Wie gefällt Ihnen der Hof?

Was gibt es in dem Hof? Gefällt Ihnen der Hof? Warum (nicht)? Sprechen Sie. Die Bildleiste hilft.

3 Unser Hof wird gemütlich.

2.16

a Herr Pilat spricht über die Aktion *Schöner Hof*. Was plant die Gruppe? Hören Sie. Kreuzen Sie an.

1. ☐ einen Gemüsegarten
2. ☐ einen Spielplatz
3. ☐ Fahrradständer
4. ☐ Parkplätze

2.16

b Was ist richtig? Hören Sie noch einmal. Kreuzen Sie an.

1. ☐ Herr Pilat wollte, dass die Hausverwaltung aktiv wird.
2. ☐ Er wollte mit den Nachbarn zusammenarbeiten.
3. ☐ Er glaubt, dass der Hof mit Blumen schön und bunt wird.
4. ☐ Er plant keine neuen Spielgeräte für den Hof.

werden

ich werde
du wirst
er/es/sie wird
wir werden
ihr werdet
sie/Sie werden

c Was ist für Sie wichtig? Was möchten Sie im Hof oben machen? Arbeiten Sie in Gruppen. Sammeln Sie Ideen. Einigen Sie sich. Die App hilft.

d Präsentieren Sie Ihre Ideen. Die anderen reagieren.

Wir möchten Blumenkästen hinstellen. Mit Blumen sieht der Hof bestimmt besser aus.

Das ist eine gute Idee. Wir haben noch eine andere Idee: ...

das Tor

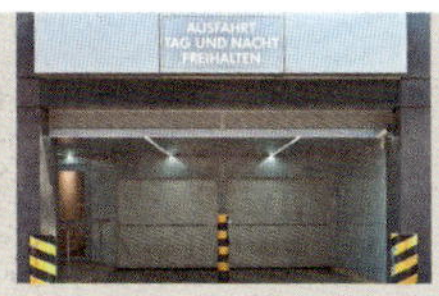

die Ein- und Ausfahrt

der Spielplatz

der Fahrradständer

die Blume

der Baum

C In welche Tonne kommt der Deckel?

1 Die Verpackung ist aus Plastik.

Welche Dinge sind hier? Aus welchem Material sind sie? Sprechen Sie zu zweit.

(das) Holz • (das) Metall • (das) Plastik • (das) Papier • (das) Glas • (der) Stoff • (das) Leder • (der) Karton

Da sehe ich drei Deckel. Aus welchem Material sind die Deckel?

Die Deckel sind aus Metall.

2 Und die Plastikverpackung kommt in diese Tonne.

a **Wie kennen Sie es? Trennen Sie Müll? Wie finden Sie das? Sprechen Sie im Kurs.**

Ja, wir trennen auch Müll. Wir haben verschiedene Mülltonen. In eine Mülltonne kommt ...

22 b **Sehen Sie das Video. Was ist das Problem? Sprechen Sie im Kurs.**

22 c **In welche Tonne kommen die Dinge? Sehen Sie das Video noch einmal. Sprechen Sie zu viert.**

das Olivenglas • der Metalldeckel • der schmutzige Pizzakarton • das kaputte Weinglas

die Glastonne · die Biotonne · die Gelbe Tonne · die Papiertonne · der Hausmüll

Nino hat gesagt, das Olivenglas kommt in die ... Aber der ...

Lernziele: Erklärungen zur Mülltrennung verstehen • über Mülltrennung in verschiedenen Ländern sprechen • Sicherheit/Unsicherheit

d Sicher oder unsicher? Welches Foto passt? Ordnen Sie zu.

1

2

3

sicher sein ☐	unsicher sein ☐	nicht wissen ☐
Ja, das ist wirklich so.	Wirklich? Das habe ich noch nie gehört.	Keine Ahnung.
Ich weiß es genau.	Weißt du das genau?	Das weiß ich (leider) nicht.
Ich bin (mir) sicher.	Ich bin (mir) nicht sicher.	
Na klar ist das so.	Vielleicht ist das so. Kann sein.	

e Welche Gestik und Mimik zeigen Sie in den Situationen in d? Zeigen Sie. Sprechen Sie im Kurs.

f In welche Tonne kommen die Dinge in 1? Sprechen Sie zu viert.

- In welche Tonne kommt die Dose? In den Hausmüll?
- Nein, die kommt in die ... Tonne.
- Wirklich? Ich bin nicht sicher. Vielleicht ...

3 So funktioniert Mülltrennung.

a Wie ist es bei Ihnen? Gibt es Mülltrennung? Funktioniert Sie? Sprechen Sie im Kurs.

- Bei uns im Hof funktioniert die Mülltrennung noch nicht so gut. Oft liegt Papier in der Tonne für Restmüll.
- Bei uns funktioniert es auch nicht immer. Manchmal ...

b Arbeiten Sie in Gruppen. Wählen Sie eine Aufgabe (A oder B).

A Wie trennt man Müll? Was kommt in welche Tonne? Machen Sie ein **Plakat zur Mülltrennung.**

B Wohin kommen Batterien, Medikamente und Elektrogeräte? Recherchieren Sie. Machen Sie **einen Info-Zettel.**

c Tauschen Sie Ihre Plakate und Info-Zettel. Was gefällt Ihnen gut? Geben Sie Feedback.

- Euer Plakat ist sehr schön. Ich bin aber nicht sicher, ob ...

D Aus, bei, mit, nach ...

1 Mit Liedern und Geschichten lernen

2.17

a Welche Präpositionen fehlen? Hören Sie. Ergänzen Sie.

Aus – ______ – mit – ______,
aus – ______ – mit – ______,
seit – ______ – zu,
seit – ______ – zu.

Immer mit dem Dativ,
immer mit dem Dativ:
dem, der, den,
dem, der, den.

2.17

b Hören Sie noch einmal. Singen Sie mit.

c Welches Foto passt nicht? Lesen Sie. Kreuzen Sie an.

1 ☐

2 ☐

3 ☐

4 ☐

Seit einer Woche lerne ich die Präpositionen.
Wenn ich **vom** Deutschkurs komme, lerne ich oft noch eine Stunde **mit** einer App.
Manchmal gehe ich auch **zu** einer Freundin und lerne **bei** ihr.
Sie heißt Serap und kommt **aus** der Türkei. **Von** ihr kann ich viel lernen.
Nach dem Lernen gehe ich oft **zum** Fußballtraining oder treffe mich **mit** Freunden.

d Arbeiten Sie zu zweit. Lesen Sie den Text laut. Ihre Partnerin / Ihr Partner spricht nur die Präpositionen.

e Arbeiten Sie zu zweit. Schreiben Sie einen Text wie in c.

Gestern bin ich nach dem Essen ...

f Sind alle Präpositionen richtig? Tauschen Sie Ihre Texte mit einem anderen Paar. Kontrollieren Sie.

d Wie lernen Sie? Lernen Sie mit Liedern oder Geschichten? Haben Sie eine andere Technik? Sprechen Sie.

Lernziele: Strategie: mit Liedern und Mnemotechniken lernen • Sicherheit und Unsicherheit ausdrücken •

2 Ich habe heute schon viel gemacht.

Arbeiten Sie zu zweit (A und B). Arbeiten Sie mit dem Buch. Ihre Partnerin / Ihr Partner arbeitet mit der App. Ergänzen Sie die Sätze. Ihre Partnerin / Ihr Partner kontrolliert.

A

A Seit e_____ Woche ist es sehr heiß.

B Heute bin ich schon sehr früh aus dem Haus gegangen.

A Ich bin mit d_____ Kindern schon um 6 Uhr spazieren gegangen.

B Zuerst sind wir zum Spielplatz gegangen. Der Sandkasten war leer.

A Dann sind wir zu mein_____ Freundin gegangen.

B Wir haben bei der Freundin gefrühstückt.

A Nach d_____ Frühstück haben wir die Kinder zu_____ Kindergarten gebracht.

B Dann sind wir beide zur Arbeit gegangen.

Seit einer Woche ist es heiß. — Richtig!

3 Ich bin mir nicht sicher.

a Wie sicher ist Herr Klauke? Was denken Sie: Was sagt er? Schreiben Sie. Die Sätze auf Seite 129 helfen.

______________________ ______________________ ______________________

______________________ ______________________ ______________________

b Arbeiten Sie zu zweit. Wählen Sie eine Situation (A, B, C oder D). Spielen Sie einen Dialog.

A	B	C	D
Sie möchten wissen, wie Sie zum Bahnhof kommen.	Der Herd ist kaputt. Sie möchten wissen, wer sich um die Reparatur kümmert.	Sie möchten die Öffnungszeiten vom Bürgerbüro wissen.	Sie möchten wissen, ...

Entschuldigung? Können Sie mir helfen? Wissen Sie, wie ich zum Bahnhof komme?

Oh, ich bin nicht sicher, aber ich denke, ...

4 Alles klar? Wollen Sie mehr üben?

a Was hat Ihnen gefallen? Was war schwer? Was war leicht? Sprechen Sie im Kurs.

b Wiederholen Sie und üben Sie in der App. Wählen Sie A (leichte Übungen) oder B (schwere Übungen).

TREFFPUNKT

Ärger mit den Nachbarn

Sie haben sie bestimmt schon mal gesehen – Beschwerdezettel im Hausflur. Wir haben die lustigsten für Sie rausgesucht:

Liebe Frau Meier!
Ich mag Curry sehr. Ich esse Curry gern und ich rieche es auch gern.
ABER NICHT JEDEN TAG!!!
UND NICHT VON MORGENS BIS ABENDS!
Können Sie auch mal etwas anderes kochen? Im Briefkasten finden Sie ein Kochbuch mit Gerichten aus aller Welt.
Ich schenke es Ihnen!
Ihre Nachbarin Samira

Lieber Nachbar,
der nachts so gern singt!
Ich finde Musik toll. Ich weiß auch, dass Singen gut für die Gesundheit ist.
Aber es gibt zwei Probleme:
1. Nachts um 4 Uhr schlafen Menschen.
2. Du kannst NICHT singen!!!
Bitte such dir einen Gesangslehrer.
Oder ein anderes Hobby!
Mit müden Grüßen
die Nachbarn

An den Nachbarn, der seinen Drucker verschenkt:
Ein kaputter Drucker ohne Kabel ist kein Geschenk.
Das ist Müll! Also: Nimm deinen Drucker und bring ihn bitte zum Elektro-Müll!
Flori aus dem 1. Stock

1 Ärger mit den Nachbarn

a **Welche Probleme gibt es? Lesen Sie. Sprechen Sie in Gruppen.**

b **Wie finden Sie die Zettel? Kennen Sie ähnliche Situationen? Sprechen Sie im Kurs.**

Meine Nachbarn sind auch oft laut. Ich schreibe aber keinen Zettel. Ich finde, ...

TREFFPUNKT

Aktion gegen den Müll

Menschen produzieren täglich viel Müll. Der gehört eigentlich in die Mülltonne, aber oft liegt er auf der Straße. Was kann man da tun?

Im Park feiert eine Gruppe Leute: Sie hören Musik, sie essen und trinken, sie tanzen und lachen, dann gehen sie wieder. Neben der Bank liegen Flaschen, Papier, Pizza-Kartons. „Sehen Sie?", sagt Maximilian Hauser, „so sieht es in vielen Vierteln aus – überall liegt Müll! In ganz Deutschland sind das 300.000 Tonnen pro Jahr. Deshalb brauchen wir den World-Clean-Up-Day."

Dieser Welt-Sauber-Mach-Tag findet jedes Jahr im September statt und Maximilian Hauser hilft bei der Organisation in Marburg. Letztes Jahr haben in Deutschland 350.000 Menschen mitgemacht und 1.500 Tonnen Müll gesammelt – auf Straßen, in Parks, auf Spielplätzen und am Wasser. „Das ist nicht genug, aber besser als nichts", sagt Maximilian.

In Marburg machen auch dieses Jahr alle mit, die etwas für eine saubere Stadt tun wollen – Vereine, Nachbarschaftshäuser, Moscheen, Kirchen, die Universität und natürlich die Schulen. Dahlia geht in die 5. Klasse am Kleist-Gymnasium und steckt gerade eine Plastikflasche in den Müllbeutel. „Ich finde die Aktion gut", sagt sie.
„Wir machen heute im Park hinter unserer Schule sauber. Dort treffe ich oft meine Freunde und es ist nicht schön, dass dort immer Müll liegt. Letztes Jahr haben wir dort 10 Kilo Müll gesammelt!"

Maximilian Hauser ist zufrieden: Über 1.000 Menschen machen dieses Jahr in Marburg mit. „Jedes Jahr sind es mehr Menschen, die an der Aktion teilnehmen", sagt er, „das ist ein gutes Zeichen. Auch wenn" – er lacht – „morgen wieder neuer Müll auf den Straßen liegt."

2 Aktion gegen den Müll

a **Was denken Sie: Was ist das Thema? Lesen Sie die Einleitung. Sprechen Sie zu zweit.**

2.18 **b** **Was bedeuten die Zahlen? Lesen Sie und hören Sie. Machen Sie Notizen.**

300.000 1.000 10 1.500 350.000

c Projekt. **Wie ist es in Ihrer Stadt? Wo ist es schmutzig? Warum? Machen Sie Fotos. Erzählen Sie im Kurs.**

Das Foto habe ich am Bahnhof gemacht. Dort liegt immer viel Müll, weil dort oft Menschen feiern.

15 Mit dem Auto unterwegs

A Ich möchte den Führerschein machen.

1 Was braucht man für die Anmeldung?

a Was braucht man für den Führerschein? Sprechen Sie im Kurs. Die Fotos und Wörter helfen.

Ich glaube, dass man für den Führerschein einen Sehtest machen muss.

b Wie kennen Sie es aus anderen Ländern: Wann darf man den Führerschein machen? Muss man eine Fahrschule besuchen? Sprechen Sie im Kurs.

In Indien muss man keine Fahrschule besuchen. Man muss nur eine Prüfung machen.

2 Was kostet der Führerschein?

a Was braucht man für den Führerschein? Lesen Sie rechts. Markieren Sie.

b Was ist richtig? Lesen Sie noch einmal. Kreuzen Sie an.

1. Wie lange dauert die Fahrschule normalerweise?
   a ☐ Maximal 3 Monate. b ☐ Maximal ein halbes Jahr.
2. Wie lange dauert der Theorie-Unterricht?
   a ☐ 14 Stunden. b ☐ Je 90 Minuten.
3. Wie viele Fahrstunden braucht man?
   a ☐ 14. b ☐ Ungefähr 30.
4. Was kostet der Führerschein?
   a ☐ Mindestens 1.500 Euro. b ☐ Maximal 2.000 Euro.

Lernziele: über den Führerschein sprechen • Informationen über die Fahrschule verstehen • ein Anmeldegespräch führen •

www.fahrschule-dülek.example.org

Sie möchten Ihren Führerschein machen?

Kommen Sie zur *Fahrschule Dülek!*

Unsere freundlichen Fahrlehrerinnen und Fahrlehrer begleiten Sie im Theorie-Unterricht (14 x 90 Minuten) und in der Praxis (ca. 30 Fahrstunden). Nach 3 bis 5 Monaten haben Sie Ihren Führerschein! Und was kostet das? Das hängt davon ab, wie viele Fahrstunden Sie brauchen. Sie müssen aber mit 1.500 bis 2.500 Euro rechnen.

Melden Sie sich an!

Das müssen Sie mitbringen:
- Ihren Ausweis oder Reisepass
- eine Bescheinigung über einen Sehtest
- eine Bescheinigung über einen Erste-Hilfe-Kurs
- ein aktuelles Passbild

Gebühr: 45 Euro für den Führerschein-Antrag

Stellen Sie den Antrag noch heute! Wir freuen uns auf Sie!

2.19 **c Phonetik: *x*. Hören Sie. Sprechen Sie nach.**

1. maximal – die Fahrpraxis – flexibel – das Taxi – extra
2. maximal 3 Monate – in der Praxis

3 Wie lange dauert die Fahrschule?

2.20 **a Welche Angebote gibt es? Hören Sie. Kreuzen Sie an.**

a ☐ täglich Theorie und Praxis

b ☐ Theorie am Abend und Praxis am Samstag

c ☐ Theorie und Praxis am Wochenende

2.20 **b Wie sagt es die Person? Hören Sie noch einmal. Markieren Sie.**

um Rat bitten

Was können Sie mir empfehlen/raten?

Was ist Ihre Empfehlung?

Haben Sie einen Tipp/Rat für mich?

Was kann/soll ich da machen?

Was denken Sie? Sollte ich ...?

4 Ich möchte mich anmelden.

a Haben Sie einen Führerschein? Möchten Sie einen machen? Warum (nicht)? Sprechen Sie im Kurs.

Ich brauche keinen Auto-Führerschein. Ich fahre immer mit dem Motorroller.

b Was braucht man für einen Lkw-Führerschein? Arbeiten Sie zu zweit. Wählen Sie eine Rolle (A oder B). Spielen Sie einen Dialog. Die App hilft.

A Sie möchten sich für einen Lkw-Führerschein anmelden. Stellen Sie Fragen. Benutzen Sie die Redemittel in **3b**.

B Sie arbeiten in der Fahrschule und geben Informationen.

B Wer hat hier Vorfahrt?

1 Hier müssen Sie anhalten.

a Was bedeuten die Wörter in der Bildleiste? Arbeiten Sie in zwei Gruppen. Wählen Sie ein Wort, das Sie kennen. Erklären Sie das Wort. Nennen Sie Beispiele.

Vorfahrt haben bedeutet, dass man zuerst fahren darf, zum Beispiel an einer Kreuzung.

b Was bedeuten die Verkehrsschilder? Lesen Sie. Ordnen Sie zu.

1 ☐ 2 ☐ 3 ☐ 4 ☐ 5 ☐ 6 ☐ 7 ☐ 8 ☐

a Hier haben die anderen Vorfahrt.

b Hier dürfen Sie nicht weiterfahren. Die Einfahrt ist verboten.

c Hier haben Sie immer Vorfahrt.

d Hier ist eine Wohnstraße. Sie müssen langsam fahren.

e Hier dürfen Sie maximal 30 Kilometer pro Stunde fahren.

f Hier gehen Fußgänger über die Straße.

g Hier dürfen Sie nur in eine Richtung fahren.

h Hier dürfen Sie mit dem Auto nicht anhalten.

2 Deshalb musst du warten!

23

a Wer darf zuerst fahren: der Radfahrer, das graue Auto oder das blaue Auto? Wer danach? Warum? Sprechen Sie im Kurs. Nummerieren Sie. Sehen Sie dann das Video. Kontrollieren Sie.

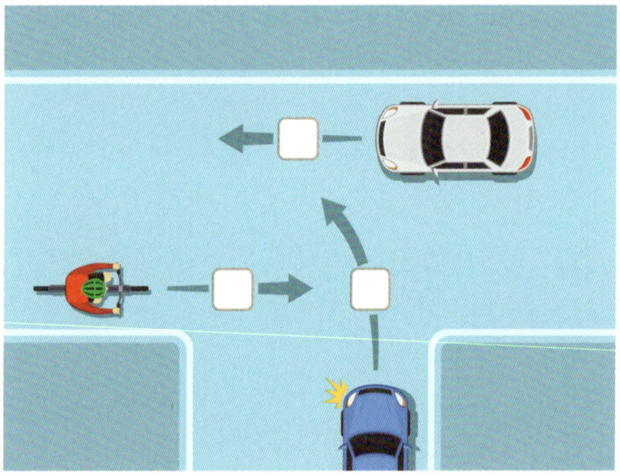

Ich glaube, zuerst darf ... fahren.
... hat Vorfahrt, weil ...

Ja, stimmt. Und danach fährt ...

23

b Was passt zusammen? Sehen Sie noch einmal. Verbinden Sie.

1. Aaron möchte den Führerschein machen,
2. Nala kennt die Verkehrsregeln,
3. In Südafrika gibt es Linksverkehr,

a deshalb findet Aaron manche Fragen kompliziert.
b deshalb lernt er für die Prüfung.
c deshalb möchte sie ihm helfen.

das Verkehrsschild

Vorfahrt (haben)

die Hauptstraße

der Zebrastreifen

der Radweg

die Kurve

Lernziele: Verkehrsregeln verstehen und erklären • Verkehrssituationen verstehen • Wortfeld: Verkehr, Verkehrsschilder • Sätze mit *deshalb*

c **Wo steht das Verb? Lesen Sie. Markieren Sie in b.**

Sätze mit *deshalb*

	Position 1	Position 2	Position 3	
Du kommst von rechts,	**deshalb**	hast	du	Vorfahrt.
	deshalb	darfst	du	zuerst fahren.

d **Wie geht der Satz weiter? Sehen Sie das Bild in a an. Arbeiten Sie zu zweit. Ergänzen Sie.**

Er muss warten. • Es darf vor dem Radfahrer fahren. • Es darf zuerst fahren. • Rechts hat Vorfahrt.

1. Das graue Auto kommt für das blaue Auto von rechts, deshalb ...
2. Das blaue Auto kommt für den Radfahrer von rechts, deshalb ...
3. Der Radfahrer kommt für das blaue Auto von links, deshalb ...
4. An der Kreuzung stehen keine Verkehrsschilder, deshalb ...

3 Hier darf man nur ...

a **Wie schnell darf man wo fahren? Wie ist es in anderen Ländern? Lesen Sie. Vergleichen Sie.**

Geschwindigkeit auf den deutschen Straßen

- im Ort: max. 50 km/h
- außerhalb von Orten: max. 100 km/h
- auf der Autobahn: unbegrenzt (empfohlen: 130 km/h)

Aber: Immer auf Schilder achten!

b **Arbeiten Sie zu zweit. Wählen Sie eine Situation (A oder B). Ihre Partnerin / Ihr Partner wählt die andere Situation. Wer hat Vorfahrt? Sprechen Sie. Nummerieren Sie. Kontrollieren Sie in der App.**

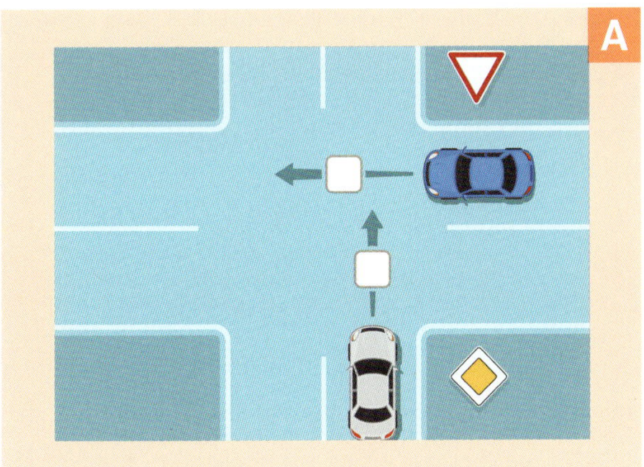

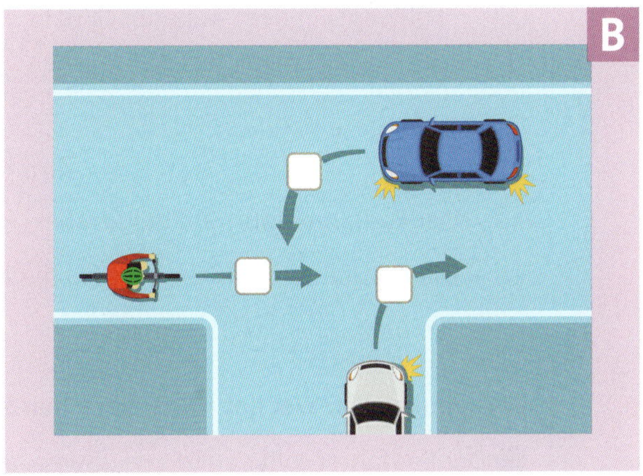

Ich denke, in Situation A hat ... Vorfahrt, weil ...

Das ist richtig / leider falsch ...

überholen

parken

(an-)halten

blinken

ab|biegen

bremsen

C Was machen Sie denn?

1 Schimpfen oder lachen?

2.21

a Welche Reihenfolge ist richtig? Hören Sie. Ordnen Sie.

b Was ist das Problem? Lesen Sie. Kreuzen Sie an.

Franks Fahrradgeschichten

Schimpfen oder lachen?

Gestern bin ich mit dem Fahrrad durch die Heinemannstraße gefahren – ohne meinen Helm. Das ist gefährlich, denn links fahren Autos und rechts parken sie. Man muss dann echt aufpassen, denn Autofahrer vergessen manchmal, dass es Radfahrer gibt. Und dann ist es passiert: Ich bin um die Ecke gefahren und rechts von mir hat eine Fahrerin plötzlich die Autotür geöffnet. Ich musste stark bremsen und bin fast gegen ihre Tür gefahren.

„Mist", habe ich gerufen. Und sie? „Verdammt noch mal, Sie Spinner! Was machen Sie denn? Fahren Sie doch auf dem Radweg!" Ich bin ein netter Mensch, aber da bin ich böse geworden: „Sie Idiotin! Sind Sie verrückt? Es gibt keinen Radweg!" Und sie: „Dann fahren Sie doch auf dem Fußweg!" In dem Augenblick habe ich gesehen, dass ihr Gesicht ganz rot war. Fast so rot wie mein Fahrrad. Ich musste sehr laut lachen. Sie hat mich komisch angesehen und dann ...

1. ☐ Der Radfahrer fährt auf der Straße.
2. ☐ Die Autofahrerin öffnet plötzlich die Tür.
3. ☐ Der Radfahrer passt nicht auf.

c Was denken Sie: Wer hat recht? Sprechen Sie im Kurs.

- Der Radfahrer sollte auf dem Fußweg fahren, wenn es auf der Straße gefährlich ist.
- Nein, das geht nicht, weil ...

d Finden Sie Fahrradfahren gefährlich? Haben Sie ähnliche Situationen erlebt? Sprechen Sie im Kurs.

- Wenn man in der Stadt Fahrrad fährt, kann es schon gefährlich werden. Ich trage immer einen Helm, denn ich habe erlebt, dass ...
- Es hängt davon ab: Wenn man ...

Lernziele: eine Geschichte verstehen • Ärger ausdrücken • über Schimpfwörter sprechen • eine Geschichte schreiben • Präpositionen

2 Das kann doch nicht wahr sein!

a Wie schimpfen die Personen? Markieren Sie in 1b. Was bedeutet es? Sprechen Sie zu zweit.

Ich glaube, ein *Spinner* ist eine Person, die ...

Nein, es bedeutet ...

b Was denken Sie: Kann man so sprechen? Sprechen Sie in der Gruppe.

Mist! Verdammt noch mal!

Idiotin! Sind Sie verrückt?!

Ich denke, „Mist" kann man vielleicht benutzen, wenn man einen Fehler gemacht hat.

Ich spreche nicht so. Ich finde das unhöflich.

3 Sie sind gegen meine Tür gefahren.

a Was steht im Text? Lesen Sie in 1b noch einmal. Ergänzen Sie.

Präpositionen *für, um, durch, ohne, gegen* mit Akkusativ

für	den Mann, das Kind, die Frau, die Leute		
um	___________	um	
durch	___________	durch	
ohne	___________	gegen	
gegen	___________		

b Schreiben Sie fünf Sätze auf Karten wie im Beispiel. Mischen Sie dann alle Karten.

Ich kaufe ein Geschenk | *für* | *meine Mutter.*

c Arbeiten Sie zu zweit. Tauschen Sie Ihre Karten. Legen Sie drei Sätze. Ihre Partnerin / Ihr Partner kontrolliert.

4 Das ist ein lustiges Ende!

a Was ist passiert? Wie endet die Geschichte in 1b? Wählen Sie eine Aufgabe (A oder B). Schreiben Sie.

A Schreiben Sie die **Geschichte in der Er-Form**.

Gestern ist Frank mit dem Fahrrad gefahren. Er ...

B Die Autofahrerin erzählt, was passiert ist. Schreiben Sie ihre **Geschichte in der Ich-Form**.

Gestern habe ich in der Heinemannstraße geparkt. Dann ...

b Arbeiten Sie in Gruppen. Lesen Sie Ihre Geschichte vor.

c Wer hat ein schönes, lustiges oder trauriges Ende geschrieben? Sprechen Sie im Kurs.

D Was hilft beim Lernen?

1 Ich fahre ... den Baum.

a Was bedeuten die Buchstaben FUDOG? Lesen Sie. Ergänzen Sie.

Der **Fu Dog** ist eine Tierfigur aus China. Es ist ein Löwe aus Stein, der das Haus schützt.

In der deutschen Sprache ist **FUDOG** ein Lernwort. Mit diesen Buchstaben fangen die Präpositionen mit Akkusativ an.

F ____________________

U ____________________

D ____________________

O ____________________

G ____________________

b Kurskette. Sagen Sie eine Präposition mit dem Akkusativ. Sprechen Sie wie im Beispiel.

Für.

Ich kaufe Blumen für meine Mutter. Durch.

Ich fahre durch einen Tunnel. Um.

...

c Schreiben Sie fünf Sätze. Lassen Sie eine Lücke für die Präposition.

den Tunnel • die Tür • Zucker • mein Handy • den Baum • die Wand • meine Eltern • die Fahrprüfung • die Ecke • die Kurve

Ich gehe nicht _______ mein Handy aus dem Haus.

d Welche Präposition passt? Arbeiten Sie zu zweit. Tauschen Sie Ihre Sätze. Ergänzen Sie.

e Alles richtig? Ihre Partnerin / Ihr Partner kontrolliert.

2 Deshalb habe ich keinen Führerschein.

a Warum ist das so? Schreiben Sie Sätze.

1. ..., deshalb habe ich einen/keinen Führerschein.
2. ..., deshalb fahre ich (nicht) gern Auto.
3. ..., deshalb möchte ich meinen/keinen Führerschein machen.
4. ..., deshalb fahre ich immer/selten/nie Fahrrad.

b Was passt? Arbeiten Sie in Gruppen. Lesen Sie den ersten Teil vor. Die anderen raten: Wie geht der Satz weiter?

Ich kann nicht Auto fahren.

Deshalb fährst du immer Fahrrad!

Lernziele: Sätze mit *deshalb* • Strategie: mit Mnemotechniken lernen, Wörter in Wortfamilien lernen •

3 Wörter in Wortfamilien lernen

a Was denken Sie: Welches Wort fehlt? Ergänzen Sie.

der ____________ geber

____

____

____

die ____________

____

____

der ____________ nehmer

die ____________ skleidung

b Arbeiten Sie zu dritt. Sammeln Sie weitere Wörter. Ergänzen Sie in a.

c Wer hat die meisten Wörter gesammelt? Vergleichen Sie im Kurs.

4 Das ist eine Einbahnstraße.

Was bedeuten die Schilder? Spielen Sie zu zweit.

Werfen Sie die Münze und bewegen Sie Ihre Figur.
Erklären Sie die Schilder.
Richtig? Sie dürfen stehenbleiben.
Falsch? Gehen Sie zurück.

1 Feld weiter

2 Felder weiter

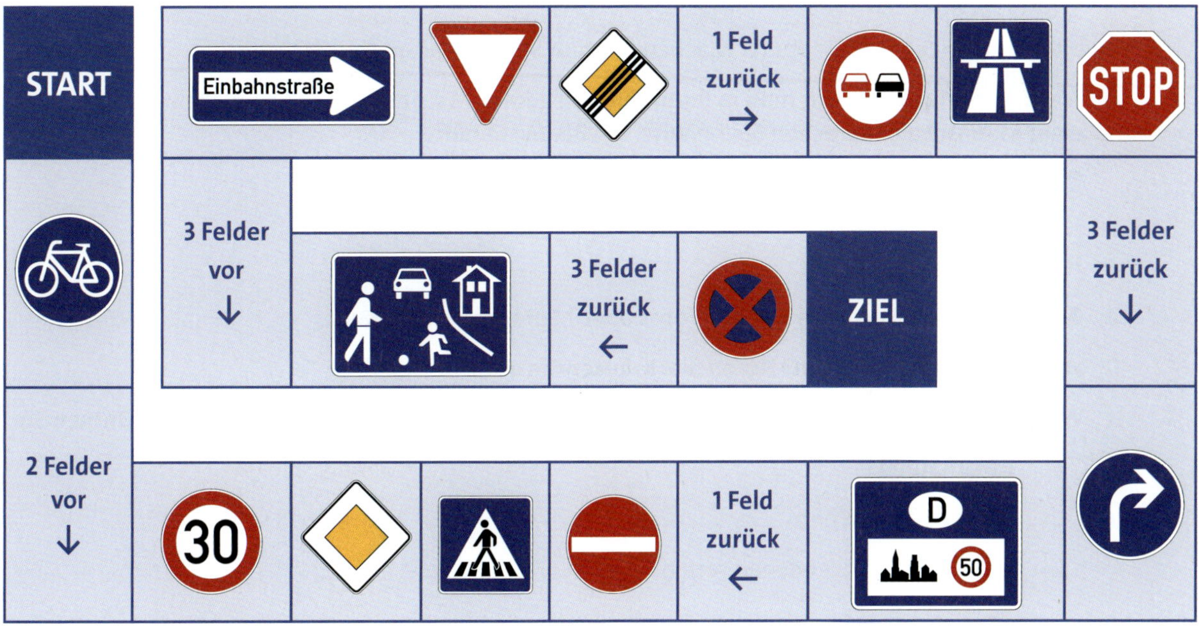

Dieses Schild bedeutet, dass ...

5 Alles klar? Wollen Sie mehr üben?

a Was hat Ihnen gefallen? Was war schwer? Was war leicht? Sprechen Sie im Kurs.

b Wiederholen Sie und üben Sie in der App. Wählen Sie A (leichte Übungen) oder B (schwere Übungen).

16 Sport und Ernährung

A Findest du Sport interessant?

1 Machst du Sport?

a **Interessieren Sie sich für Sport? Machen Sie gern Sport? Warum (nicht)? Sprechen Sie im Kurs.**

b **Welche Sportarten macht man in Ihren Ländern gerne? Macht man den Sport allein oder spielt man in einer Mannschaft? Sprechen Sie im Kurs. Die Bildleiste hilft.**

Bei uns spielen viele Kricket. Man spielt Kricket in einer Mannschaft.

2 Ich sehe lieber zu.

a **Was machen die Personen auf den Fotos oben? Sprechen Sie im Kurs.**

2.22 **b** **Welche Fotos oben passen? Hören Sie. Kreuzen Sie an.**

2.22 **c** **Was macht die Frau (F)? Was der Mann (M)? Was beide (F+M)? Hören Sie noch einmal. Ordnen Sie zu.**

1. ☐ ☐ laufen
2. ☐ ☐ Fußball sehen
3. ☐ ☐ Sport im Fernsehen sehen
4. ☐ ☐ Tennis spielen
5. ☐ ☐ Basketball sehen

d **Machen Sie gern Sport? Oder sehen Sie gern Sport? Arbeiten Sie zu zweit. Machen Sie ein Interview. Arbeiten Sie mit den Fragen in der App. Machen Sie Notizen auf einem Zettel.**

e **Wer ist es? Mischen Sie die Zettel. Ziehen Sie einen Zettel. Erzählen Sie. Die anderen raten.**

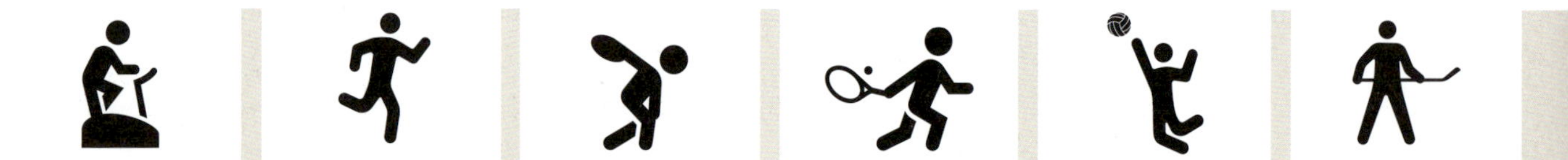

(das) Fitnesstraining | joggen | (die) Leichtathletik | (das) Tennis | (der) Volleyball | (das) Eishockey

Lernziele: über Sport sprechen • beliebte Sportarten in verschiedenen Ländern vergleichen • ein Interview führen •

3 Eine Goldmedaille für ...

a Welche Informationen gibt es zu den Zahlen? Lesen Sie. Schreiben Sie.

1982 • 2009 • 4 • 2010 • 2014 • 1996 • 1995 bis 2011 • 12

1982 – geboren

Das Sportmagazin 05/25

Sportlerin des Monats: Ski-Läuferin und Biathletin Verena Bentele

Sportlerin, Politikerin, Autorin – Verena Bentele hat viel erreicht. Seit ihrer Geburt 1982 ist sie sehbehindert, trotzdem war sie eine erfolgreiche Skiläuferin. Sie hat als Kind Skilaufen gelernt und schon 1996 an der Weltmeisterschaft im Biathlon teilgenommen. 2009 hatte sie einen schweren Unfall, trotzdem konnte sie schon 2010 wieder bei Wettkämpfen gewinnen. Von 1995 bis 2011 war sie viermal Weltmeisterin und zwölfmal Paralympics-Siegerin. Seit dem Ende von ihrer Sportkarriere 2014 engagiert sich Verena Bentele in der Sozialpolitik. Sie hat ein Buch über ihre Erfahrungen geschrieben.

b Lesen Sie noch einmal. Ergänzen Sie.

Sätze mit *trotzdem*

	Position 1	Position 2	Position 3	
Verena Bentele ist sehbehindert,	**trotzdem**	______	______	______
Sie hatte einen schweren Unfall,	**trotzdem**	______	______	______

c Ergänzen Sie. Vergleichen Sie im Kurs.

1. ____________________ trotzdem lebe ich (nicht) gesund.
2. ____________________ trotzdem mache ich (keinen) Sport.

d Wählen Sie eine Aufgabe (A oder B). Schreiben Sie einen Steckbrief. Die App hilft.

A Welche/r **Sportler/-in** ist in Ihrem Land sehr bekannt? Suchen Sie Bilder und Informationen in Ihrer Sprache im Internet.

B Welche **Sportart** ist in Ihrem Land beliebt? Suchen Sie Bilder und Informationen in Ihrer Sprache im Internet.

e Arbeiten Sie in Gruppen. Präsentieren Sie Ihre Sportlerin / Ihren Sportler oder Ihre Sportart aus d. Zeigen Sie auch Bilder. Die anderen fragen.

Wie viele Spieler oder Spielerinnen sind in einer Mannschaft?

schwimmen

Ski laufen

Schlittschuh laufen

(das) Autorennen

(das) Kricket

(das) Judo

B Gute Besserung!

1 Ich habe mich verletzt.

a **Haben Sie sich schon mal beim Sport verletzt? Sprechen Sie im Kurs.**

b **Was denken Sie: Was ist passiert? Sprechen Sie in Gruppen. Die Bildleiste hilft.**

Ich glaube, sie ist mit dem Fahrrad ... und ...

2.23 **c** **Waren Ihre Vermutungen richtig? Hören Sie. Sprechen Sie im Kurs.**

d **Welcher Satz passt zum Foto? Kreuzen Sie an.**

1. ☐ Die Frau verbindet die Wunde.
2. ☐ Die Frau lässt die Wunde verbinden.

lassen **+ Infinitiv**
etwas nicht selbst machen

Ich	lasse	die Wunde	verbinden.

ich lasse	wir lassen
du lässt	ihr lasst
er/es/sie lässt	sie/Sie lassen

e **Was machen Sie selbst? Was lassen Sie machen? Schreiben Sie Sätze. Vergleichen Sie dann zu zweit.**

eine Wunde selbst verbinden / eine Wunde verbinden lassen • selbst ins Krankenhaus fahren / sich ins Krankenhaus fahren lassen • das Fahrrad selbst reparieren / das Fahrrad reparieren lassen • die Fenster selbst putzen / die Fenster putzen lassen • die Haare selbst schneiden / die Haare schneiden lassen

Ich verbinde eine Wunde immer selbst.

Du machst das immer selbst? Ich nicht. Wenn die Wunde groß ist, gehe ich zum Arzt und lasse ...

stürzen/fallen

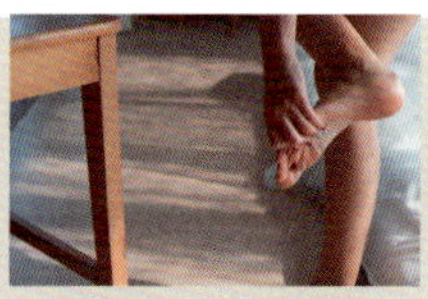
gegen ... stoßen

sich verletzen

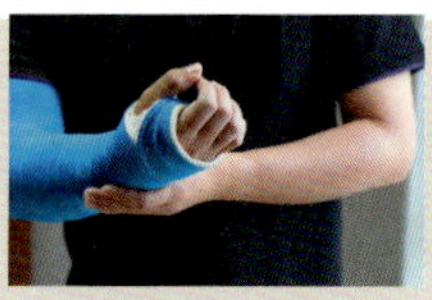
gebrochen sein

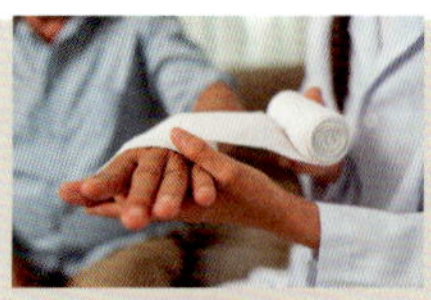
verbinden

Lernziele: nach dem Befinden fragen und antworten • einen Unfall beschreiben • ein Gespräch in der Notaufnahme führen •

2 Muss ich mich operieren lassen?

2.24 **a Was muss Frau Kaspari machen? Hören Sie. Kreuzen Sie an.**

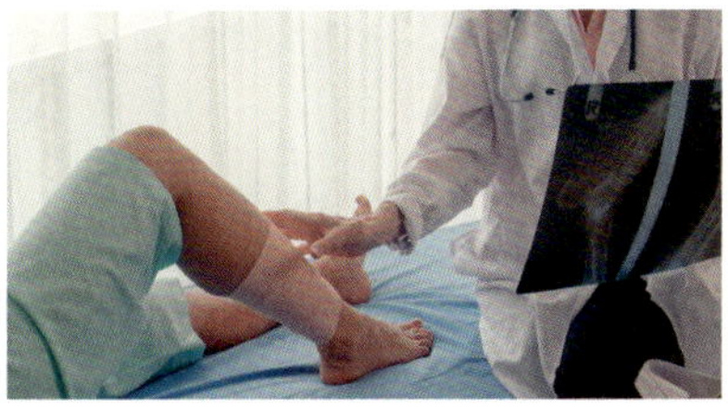

1. ☐ Sie muss das Bein röntgen lassen.
2. ☐ Sie muss die Wunde verbinden.
3. ☐ Sie muss sich abholen lassen.

b Was fragt die Ärztin? Lesen Sie. Ergänzen Sie.

Wie sind die Schmerzen? • Wie geht es Ihnen? • Können Sie das Bein bewegen? • Kann jemand Sie abholen? • Können Sie mir sagen, wie es passiert ist?

● ______________________________

● Ich habe Schmerzen im Bein.

● Ah, ja, ich sehe schon. ______________________________

● Ich bin mit dem Fahrrad gestürzt.

● Aha. ______________________________

● Nicht so gut.

● ______________________________ Von 1 bis 10?

● Hm, vielleicht 7? Was denken Sie, ist das Bein gebrochen?

● Das kann ich noch nicht sagen. Wir lassen es röntgen. Danach sehen wir weiter.

● So, Frau Kaspari, hier ist das Röntgenbild. Das Bein ist nicht gebrochen. Die Krankenpflegerin verbindet gleich Ihre Wunde und dann können Sie nach Hause. ______________________________

● Ja, das geht. Ich rufe meine Freundin an und lasse mich abholen. Danke, Frau Doktor.

● Gern geschehen. Gute Besserung!

2.24 **c Hören Sie noch einmal. Kontrollieren Sie in b.**

d Arbeiten Sie zu zweit. Wählen Sie eine Rolle (A oder B). Ihre Partnerin / Ihr Partner wählt die andere Rolle. Spielen Sie einen Dialog wie in b.

A Sie sind **Ärztin/Arzt.** Eine Person hat sich an der Hand verletzt. Die Hand ist nicht gebrochen. Sie verbinden die Hand.

B Sie sind **Patient/-in.** Sie haben Fußball gespielt und haben sich an der Hand verletzt.

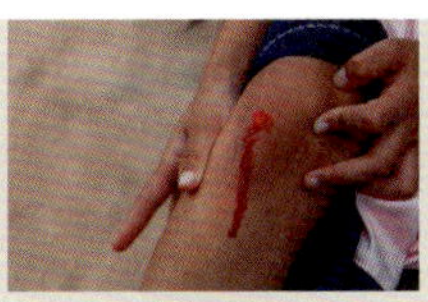

bluten

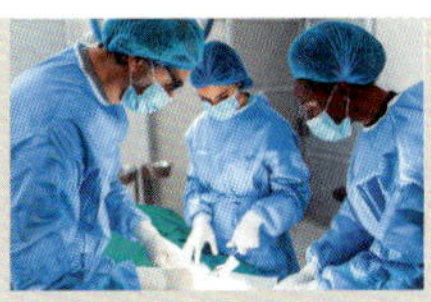

operieren

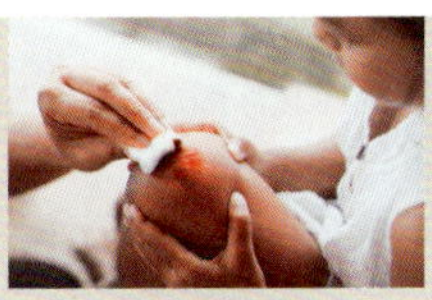

die Wunde

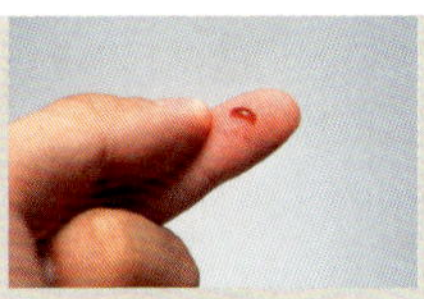

das Blut

der Verband

C Ich ernähre mich gesund.

1 Das ist doch nicht gesund!

a Was essen Sie gern und oft? Warum? Sprechen Sie in der Gruppe.

- Ich esse sehr gern und oft Nudeln. Sie sind lecker und man kann sie schnell kochen.
- Wirklich? Ich mag Nudeln nicht. Ich esse lieber Kartoffelgerichte.

24 **b Was findet Herr Klauke nicht gut? Sehen Sie das Video. Sprechen Sie im Kurs.**

24 **c Nino (N) oder Herr Klauke (K)? Sehen Sie noch einmal. Ergänzen Sie.**

1. ☐ sagt, dass Schokolade gesund ist.
2. ☐ macht Sport für die Gesundheit.
3. ☐ meint, dass die Muskeln Zucker brauchen.
4. ☐ sagt, dass Zucker nicht gesund ist.
5. ☐ kocht und ernährt sich gesund.
6. ☐ isst auch gerne Schokolade.

d Wie ist es in Ihren Ländern? Ist es teuer, wenn man sich gesund ernähren will? Sprechen Sie im Kurs.

- Bei uns isst man oft Reis mit Fisch und Gemüse. Reis ist preiswert, aber Fisch und Gemüse sind leider teuer.

2 Ich mache Sport, damit ich gesund bleibe.

a Wozu? Mit welchem Ziel? Verbinden Sie.

1. Nino macht Sport, damit
2. Nino isst Schokolade, damit
3. Herr Klauke isst gesund, damit
4. Er gibt Nino das Rezept, damit

a sie ihm ein Stück Schokolade gibt.
b sie Energie hat.
c sie gesund bleibt.
d er keinen Sport machen muss.

b Markieren Sie die Verben in a. Ergänzen Sie einen Satz. Vergleichen Sie im Kurs.

Nebensätze mit *damit*

				Satzende
Ich mache Sport,	damit	ich	gesund	bleibe.
______,	damit	______	______	______

c Was machen Sie, damit Sie ...? Sprechen Sie in Gruppen.

abnehmen • gesund bleiben • fit werden • lange leben • sich gut fühlen • mehr Energie haben • zunehmen

- Ich esse nur noch kleine Portionen, damit ich nicht so viel zunehme.
- Ich mache jeden Tag Sport, damit ...

Lernziele: über (gesunde) Ernährung sprechen • einen Zweck ausdrücken • ein Rezept schreiben und erklären • Wortfeld: Kochen •

3 Alles mischen, rühren, fertig.

a Was passt? Lesen Sie. Ergänzen Sie.

g • ml • EL • 1 große • 2

Rezepte

Gemüsebratlinge mit Bulgur

250 ___ Bulgur
500 ___ Gemüsebrühe
_______ Zwiebel
300 g Karotten
250 g Pilze
___ Eier
2 ___ Mehl
Salz und Pfeffer
Öl zum Braten

Den Bulgur in der Gemüsebrühe ca. 10 Minuten leicht kochen, ab und zu rühren. Die Zwiebel, die Karotten und die Pilze klein schneiden. Das Gemüse ca. 5 Minuten braten und mit dem Bulgur mischen.
Wenn alles kalt ist, mit den Eiern und mit zwei Esslöffeln Mehl mischen, salzen und pfeffern. Aus dem Teig die Bratlinge machen und in heißem Öl braten.

b Welche Verben aus a passen? Lesen Sie noch einmal. Schreiben Sie.

1 *mischen* 2 ________ 3 ________ 4 ________ 5 ________ 6 ________ und ________

c Arbeiten Sie zu zweit. Wählen Sie ein Verb in b. Spielen Sie Pantomime. Ihre Partnerin / Ihr Partner rät.

4 Das ist ein Rezept aus meiner Heimat.

a Kennen Sie ein leckeres Gericht? Wie kocht man es? Schreiben Sie ein Rezept wie in 3a.

2.25 **b Phonetik: *r*. Hören Sie. Sprechen Sie nach.**

brauchen – braten – probieren – rühren

die Brühe – das Gericht – das Rezept

2.26 **c Phonetik: *r* am Wortende. Hören Sie. Sprechen Sie nach.**

lecker – vier Eier – der Zucker – der Pfeffer – der Bulgur

d Was glauben Sie: Sind die Gerichte gesund? Arbeiten Sie in Gruppen. Lesen Sie die Rezepte vor. Sprechen Sie.

Für mein Gericht braucht man ... Zuerst schneidet man ...

Das klingt lecker! Ich weiß aber nicht, ob ... gesund ist. Ich glaube, ...

e Welches Gericht möchten Sie probieren? Sammeln Sie alle Rezepte im Kurs. Lesen Sie. Sprechen Sie im Kurs.

Dieses Gericht klingt lecker. Ich liebe ... Ich muss es unbedingt probieren.

D Trotzdem habe ich alles verstanden.

1 Wörter sortieren

Was passt? Ordnen Sie zu.

1. Sport: ______________________

____

2. Unfall: ______________________

____

3. Kochen: ______________________

____

2 Hörtexte mit unbekannten Wörtern verstehen

2.27 **a Worum geht es? Hören Sie. Kreuzen Sie an.**

Es geht um ...

a ☐ die Weltmeisterschaft im Schwimmen.

b ☐ einen Sportler.

2.27 **b Was ist richtig? Hören Sie noch einmal. Kreuzen Sie an.**

1. Thilo Härtel ist ☐ Weltmeister im Schwimmen ☐ Schwimmtrainer.
2. Er beendet ☐ in diesem Jahr ☐ im nächsten Jahr seine Sportkarriere.
3. Er will später ☐ Erwachsene ☐ Kinder und Jugendliche trainieren.

2.27 **c Hören Sie noch einmal. Haben Sie nicht alles verstanden? Konnten Sie die Fragen in b trotzdem beantworten? Sprechen Sie im Kurs.**

Ich habe nicht alle Wörter gekannt, aber trotzdem habe ich die wichtigen Informationen verstanden.

3 ..., trotzdem mache ich jeden Tag Sport.

a Schreiben Sie Sätze.

1. Ich möchte fit werden, trotzdem ...
2. Ich mag Sport nicht, trotzdem ...
3. Ich möchte mich im Alltag mehr bewegen, trotzdem ...
4. Ich brauche viel Schlaf, trotzdem ...
5. Ich arbeite viel, trotzdem ...

b Arbeiten Sie zu zweit. Lesen Sie die Sätze mit *trotzdem* laut. Welcher Satzanfang aus a passt? Ihre Partnerin / Ihr Partner rät Tauschen Sie dann die Rollen.

..., trotzdem mache ich jeden Tag Sport.

Du magst Sport nicht, trotzdem machst du jeden Tag Sport.

Nein. Ich arbeite viel, trotzdem mache ich jeden Tag Sport.

 Lernziele: Wortfeld: Sport, Unfall, Kochen • Strategie: Wörter sortieren; Hörtexte mit unbekannten Wörtern verstehen •

4 Ich hatte einen Unfall.

a Sie waren mit einer Verletzung im Krankenhaus. Was ist passiert? Arbeiten Sie zu zweit. Ergänzen Sie.

Unfallfragebogen

1. Anschrift

Vor- und Nachname ______________________ Geburtsdatum ______________

PLZ/Wohnort/Straße ____

2. Unfallzeit

Wochentag ____________ Datum ____________ Uhrzeit ____________

3. Was für eine Verletzung ist es?

____

4. War es ein

a. Arbeitsunfall? Ja ☐ Nein ☐ b. Verkehrsunfall? Ja ☐ Nein ☐

5. Wo ist der Unfall passiert?

____

6. Wie ist der Unfall passiert?

____

____

____

____

Ort, Datum ____________ **Unterschrift** ______________________

b Arbeiten Sie zu viert. Erzählen Sie. Die anderen fragen.

... hatte am ... um ... einen Unfall.

Was ist genau passiert?

5 Alles klar? Wollen Sie mehr üben?

a Was hat Ihnen gefallen? Was war schwer? Was war leicht? Sprechen Sie im Kurs.

b Wiederholen Sie und üben Sie in der App. Wählen Sie A (leichte Übungen) oder B (schwere Übungen).

8 Magazin

TREFFPUNKT

Kurioses von der Autobahn

A Keine Zeit, immer viele Termine, ungeduldige Kund*innen. Ein Fahrradlieferant wollte eine Essenslieferung besonders schnell zu den Kund*innen bringen und ist mit seinem E-Bike mit über 60 km/h auf der Autobahn gefahren. Die Polizei hat ihn bei Bischofsheim gestoppt. Er hat gesagt: „Auf der Autobahn muss man doch schneller als 60 km/h fahren. Das habe ich gemacht. Was ist das Problem?“ Das Problem war: E-Bikes sind auf der Autobahn verboten.

B Gestern Nacht hat ein Lkw auf der Autobahn 55 Kästen Bier verloren: Der Fahrer hat die Kästen in Gießen geladen und die Tür nicht richtig geschlossen. Zwischen Gießen und dem Gambacher Kreuz sind die Kästen vom Lkw auf die Autobahn gefallen. Der Lkw-Fahrer hat es nicht bemerkt. Nach 10 Kilometern hat ihn die Polizei gestoppt und der Fahrer musste ein hohes Bußgeld zahlen. Die Autobahn war zwei Stunden für die Reinigung gesperrt.

1 Kurioses von der Autobahn

a **Arbeiten Sie zu zweit. Lesen Sie einen Text (A oder B). Ihre Partnerin / Ihr Partner liest den anderen Text. Welche Fotos passen zu Ihrem Text? Kreuzen Sie an.**

b **Was können Sie zu den Fotos sagen? Lesen Sie Ihren Text noch einmal. Notieren Sie Informationen.**

– *Fahrradlieferant*
– *60 km/h auf der Autobahn*
– …

c **Was ist passiert? Erzählen Sie Ihrer Partnerin / Ihrem Partner die Geschichte in drei bis vier Sätzen.**

Ein Fahrradlieferant wollte …

Wir fragen: Haben Sie einen Führerschein?

Im Jahr 2021 hatten fast 58 Millionen Menschen in Deutschland einen Führerschein, aber nicht alle haben ein Auto. Viele junge Menschen sagen sogar, dass sie keinen Führerschein brauchen. Zwei Jugendliche erzählen.

Ich heiße Lars. Ich bin 22 Jahre alt und ich arbeite als Altenpfleger. Ich habe meinen Führerschein mit 18 Jahren gemacht. Ich brauche den Führerschein, denn meine Arbeitsstelle, ein Seniorenheim, liegt außerhalb von der Stadt. Es gibt einen Bus, aber der fährt nicht so oft, und wenn man ihn verpasst, muss man manchmal lange an der Haltestelle warten. Ein Auto ist einfach bequemer. Es steht vor der Tür und ich kann losfahren, wann ich will.
Natürlich ist Autofahren nicht so gut für die Umwelt. Aber ich hole oft ein paar Kolleginnen und Kollegen ab und dann fahren wir zusammen zur Arbeit. So sparen wir Geld und es ist besser für die Umwelt.

Lars Amstetten, Heide

Ich bin Mike. Ich bin 21 und ich mache eine Ausbildung in Hamburg. Einige von meinen Freunden haben einen Führerschein. Ich aber nicht. Ein Führerschein ist sehr teuer und der Verkehr in Hamburg ist stressig. Ich fahre lieber mit den öffentlichen Verkehrsmitteln. Die öffentlichen Verkehrsmittel in Hamburg sind gut, deshalb brauche ich keinen Führerschein.
Nur im Urlaub kann das Auto manchmal praktisch sein. Züge und Busse fahren nicht immer überallhin oder es gibt nur wenige Verbindungen. Dann kann die Fahrt kompliziert sein. Vielleicht mache ich den Führerschein später noch.

Mike Petersen, Hamburg

2 Haben Sie einen Führerschein?

2.28

a **Haben die Personen einen Führerschein? Warum (nicht)? Hören Sie und lesen Sie. Ergänzen Sie.**

Lars: ja / nein
pro:
contra:

Mike: ja / nein
pro:
contra:

b Projekt. **Fragen Sie zehn Personen. Haben diese Personen einen Führerschein? Warum (nicht)? Notieren Sie Gründe. Erzählen Sie im Kurs. Hat Sie etwas überrascht?**

17 Geschäfte

A Dieser Copyshop ist am billigsten.

1 Hier kann man Smartphones reparieren lassen.

a **Welche Geschäfte sehen Sie oben links und rechts? Sprechen Sie im Kurs. Die Bildleiste hilft.**

b **Welchen Service bieten die Geschäfte an? Welchen Service nutzen Sie? Sprechen Sie im Kurs.**

neue Schlüssel machen • Zeugnisse übersetzen • Kleidung reinigen • Nägel pflegen • Hosen ändern • Schuhe reparieren • Haare schneiden • Essen liefern • Fotos/Flyer drucken • Handys reparieren • Nachhilfe geben

Die Reinigung reinigt Kleidung. Ich lasse meine Kleider immer reinigen.

2 Der Handyservice an der Ecke ist am billigsten.

a **Wie viele Sterne haben die Personen wahrscheinlich gegeben? Lesen Sie. Markieren Sie.**

www.ichsuche.example.org

Copyshop >> Suchen

Copyshop 2000

☆☆☆☆☆ von Jan M.: Ein super Copyshop! Er ist kleiner als andere Copyshops, aber er ist am billigsten!

☆☆☆☆☆ von C.K.: Das Personal ist unfreundlich. Und der Chef ist am unfreundlichsten!

www.ichsuche.example.org

Handyservice >> Suchen

My-Phone

☆☆☆☆☆ von Freddy: Dieser Handyservice ist besser als alle anderen und er arbeitet auch am schnellsten.

☆☆☆☆☆ von B07: Also, ich finde, der Laden ist genauso gut wie alle anderen Läden. Er ist aber viel teurer.

b **Warum waren die Personen (nicht) zufrieden? Lesen Sie noch einmal. Sprechen Sie im Kurs.**

die Änderungsschneiderei

die Reinigung

der Lieferdienst

das Übersetzungsbüro

das Nachhilfe-Institut

Lernziele: über Dienstleistungen sprechen • Dienstleistungen vergleichen • Bewertungen von Dienstleistungen verstehen •

25

c Wie bildet man die Formen? Sehen Sie das Grammatik-Video. Ergänzen Sie.

Adjektive: Komparativ und Superlativ

	Komparativ	Superlativ
schnell	schnell___	______ schnell______
jung	j__ng___	______ j__ng_____
teuer	teurer	am teuersten

❗ gut – besser – am besten
viel – mehr – am meisten
gern – lieber – am liebsten

Die Reparatur beim Handyservice ist genauso gut wie die Reparatur im Elektrogeschäft.
Die Reparatur beim Handyservice ist teurer als die Reparatur im Elektrogeschäft.

d Lesen Sie noch einmal in a. Ergänzen Sie.

1. klein: ______________, am kleinsten
2. billig: billiger, ______________
3. schnell: schneller, ______________
4. teuer: ______________, am teuersten

2.29

e Phonetik: viele Konsonanten. Hören Sie. Sprechen Sie nach.

1. klein – am kleinsten
2. schnell – am schnellsten
3. lieb – am liebsten

f Wählen Sie eine Aufgabe (A, B oder C). Sprechen Sie zu viert. Erzählen Sie im Kurs.

A Wer ist am jüngsten? Und wer am ältesten?

B Wer ist am größten? Und wer am kleinsten?

C Wer ist am längsten in ...? Und wer am kürzesten?

3 In meiner Straße gibt es einen Schlüsseldienst.

a Mit welchem Geschäft waren Sie (nicht) zufrieden? Warum (nicht)? Schreiben Sie wie in 2a.

b Hängen Sie Ihre Texte im Kurs auf. Lesen Sie. Kennen Sie das Geschäft? Haben Sie ähnliche Erfahrungen gemacht? Sprechen Sie im Kurs.

Ja, das Geschäft kenne ich auch. Ich finde ...

der Schuhreparatur-Service

der Schlüsseldienst

das Nagelstudio

der Handyservice

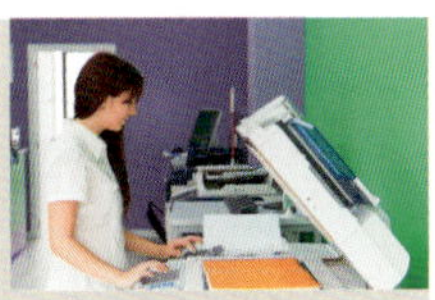
der Copyshop

B Was fehlt in der Lieferung?

1 Können Sie bitte noch eine Bestellung machen?

a Was denken Sie: In welchem Geschäft verkauft man diese Dinge? Sprechen Sie im Kurs.

1 ☐

die Handy-Hülle

2 ☐

der Selfie-Stick

3 ☐
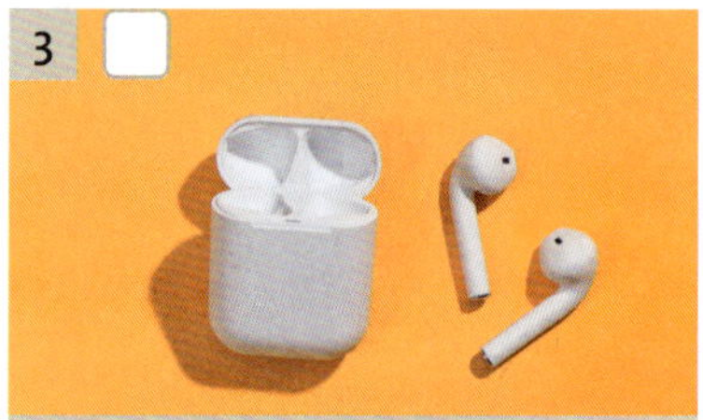
die Bluetooth-Kopfhörer

4 ☐

das Ladegerät

5 ☐
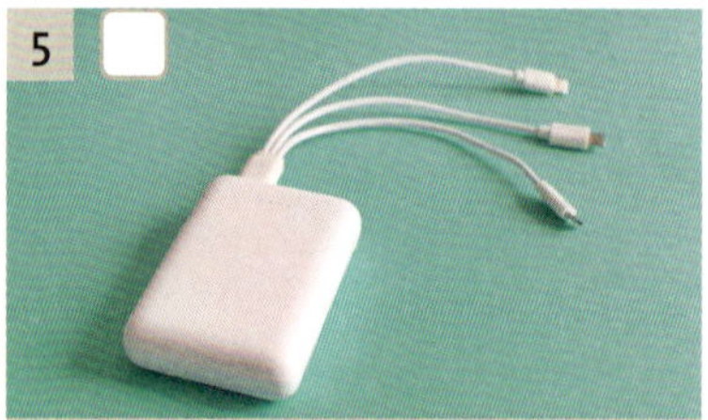
die Powerbank

6 ☐
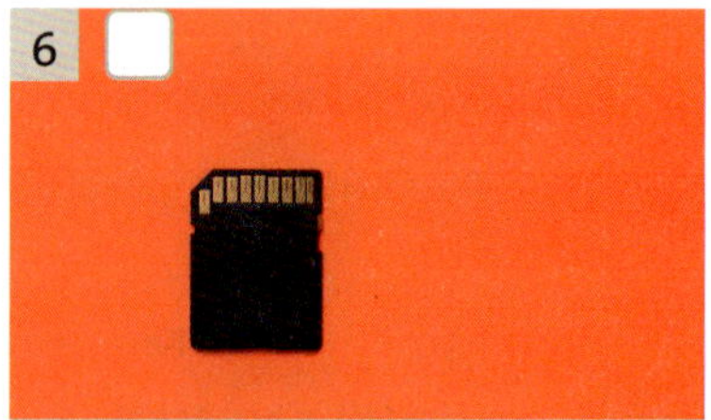
die Speicherkarte

2.30 **b Was soll Frau Baran bestellen? Hören Sie. Kreuzen Sie in a an.**

2.30 **c Wie viel Stück soll Frau Baran bestellen? Hören Sie noch einmal. Machen Sie Notizen.**

- *Ladegeräte: 10 Stück*
- ...

2 Es gibt ein Problem.

a Wo finden Sie die Informationen auf dem Lieferschein? Ordnen Sie zu.

Absender • Artikel • Empfänger • Gesamtpreis • Menge • Preis

Handy-Zubehör Gündüz - Großhandel und Versand
Emma-Barsch-Str. 5-8
39122 Magdeburg → ______________

Handy-Service Super-Phone
Hauptstr. 3
39240 Breitenhagen → ______________

20. April 2024

LIEFERSCHEIN

______	______	______	______
1 Ladegerät 25 W	8	(14,99 €)	119,92 €
2 Selfie-Stick	3	(11,99 €)	35,97 €
3 Bluetooth-Kopfhörer	5	(59,99 €)	299,95 €
4 SD-Speicherkarte	5	(19,99 €)	99,95 €
5 Handy-Hülle grün	4	(10,99 €)	43,96 €

Lernziele: Waren bestellen • einen Lieferschein verstehen • Informationen weitergeben • sich bedanken • ein Gespräch

2.31 **b Was ist das Problem? Hören Sie. Kreuzen Sie an.**

1. ☐ Die Lieferung ist nicht angekommen.
2. ☐ Der Großhandel hat die falschen Produkte geliefert.
3. ☐ In der Lieferung fehlen Produkte.

c Wie ist der Dialog richtig? Lesen Sie. Ordnen Sie.

☐ Wir haben sechs Speicherkarten bestellt, aber nur fünf bekommen.
Aha, na ja, das kann passieren. Fehlt noch etwas?
Ja, es fehlen auch zwei Ladegeräte. Wir haben zehn bestellt, in der Lieferung sind aber nur acht.

☐ Was ist passiert?
Die Lieferung ist unvollständig.
Das ist ärgerlich. Was fehlt denn?

☐ Ich verstehe. Vielen Dank für die Information. Können Sie den Großhandel anrufen?
Aber gern. Das mache ich gleich.
Danke, das ist nett von Ihnen.

☐ Göker.
Ja, hallo, hier ist Baran. Die Lieferung ist angekommen, aber es gibt ein Problem.

2.31 **d Hören Sie noch einmal. Kontrollieren Sie in c.**

e Arbeiten Sie zu zweit. Variieren Sie den Dialog in c.

Sie arbeiten in einem Friseursalon und haben eine Lieferung bekommen.
Sie haben bestellt: 10 Scheren und 25 Flaschen Shampoo.
Sie haben bekommen: 8 Scheren und 15 Flaschen Shampoo.

3 Ich rufe an, weil ...

Arbeiten Sie zu zweit. Wählen Sie eine Rolle (A oder B). Spielen Sie einen Dialog.

A Sie haben **eine Lieferung bekommen**. Die Lieferung ist falsch. Lesen Sie in der App. Rufen Sie bei der Firma an.

B Sie haben **eine Lieferung an eine Firma geschickt**. Lesen Sie in der App. Die Firma ruft Sie an.

Guten Tag, hier ist ...	Guten Tag, mein Name ist ... Ich arbeite bei ...
Guten Tag, ... am Apparat.	Es gibt ein Problem. / Ich rufe an, weil ...
Was kann ich für Sie tun?	Könnten Sie ... / Ist es möglich, dass Sie ...
Tut uns leid. / Das ist ärgerlich.	Danke, das ist nett (von Ihnen).
Wir kümmern uns sofort. Wir ...	Vielen/Besten Dank für die Information/Hilfe.
Gern geschehen.	Auf Wiederhören!

C Das wollte ich nicht.

1 Ich möchte mich beschweren!

a Was denken Sie: Wer ist die Frau? Was sagt Nino Arabuli? Und wie reagiert die Frau? Sprechen Sie im Kurs.

Vielleicht redet Nino über den Kursraum?

26 **b Was ist richtig? Sehen Sie das Video. Kreuzen Sie an.**

1. ☐ Nino Arabuli beschwert sich über die Kurse.
2. ☐ Nino kennt die Frau nicht.
3. ☐ Die Frau arbeitet als Reinigungskraft.

c Warum bittet Nino um Entschuldigung? Sprechen Sie im Kurs.

Nino entschuldigt sich, weil ...

d Wie spricht Nino mit der Frau? Wie finden Sie es? Sprechen Sie im Kurs.

Ich finde, Nino spricht normal und deutlich.

Findest du? Ich finde, sie ist unfreundlich. Sie sollte ...

27 **e Wie bittet Nino um Entschuldigung? Sehen Sie das Ende noch einmal. Ergänzen Sie.**

sich entschuldigen

Entschuldigung, das ____________ ich nicht.

Das tut mir wirklich ____________.

Ich bitte Sie um Entschuldigung.

Bitte ____________________ Sie, dass ich ...

2 Nicht höflich? Unhöflich!

a Wie heißt das Gegenteil? Ergänzen Sie.

1. freundlich ____________________
2. höflich ____________________
3. vollständig ____________________

Adjektive mit *un-*

ordentlich – unordentlich *(= nicht ordentlich)*

2.32 **b Phonetik: Wortakzent. Hören Sie. Sprechen Sie nach.**

1. freundlich – unfreundlich
2. höflich – unhöflich
3. vollständig – unvollständig
4. ordentlich – unordentlich

c Welche Adjektive mit *un-* kennen Sie noch? Sammeln Sie in Gruppen. Sprechen Sie im Kurs.

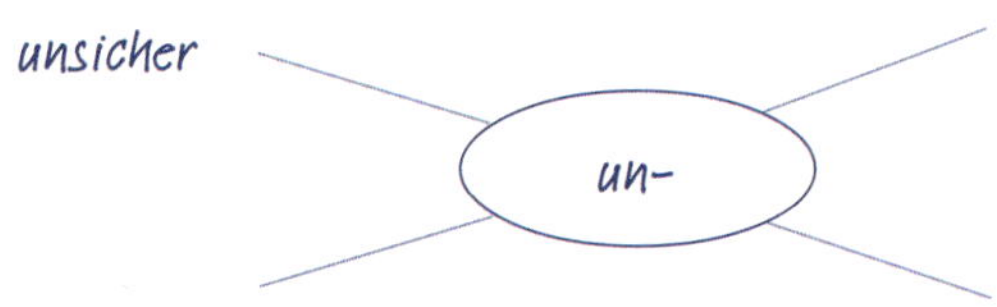

Lernziele: sich beschweren und Kritik äußern • über direkte Kritik und höfliche Beschwerden sprechen • sich entschuldigen •

3 Ich schreibe Ihnen, weil ...

a Warum beschwert sich Nino Arabuli? Was will sie? Lesen Sie. Sprechen Sie im Kurs.

Senden

Von: n.arabuli@example.com

An... Reinigungsservice Horowitz

Betreff Ihre Arbeit im NBH

Sehr geehrte Damen und Herren,

ich schreibe Ihnen, weil ich Fragen zu Ihrer Arbeit habe. Seit ein paar Wochen sind die Räume oft schmutzig und unordentlich. In Ihrer Rechnung stehen aber mehr Arbeitsstunden als früher. Wie ist das möglich? Vielleicht könnten Sie es mir erklären? Ich möchte Sie deshalb um ein Gespräch bitten. Bitte rufen Sie mich an, damit wir einen Termin vereinbaren können. Sie erreichen mich unter: +49 30 68831748.

Mit freundlichen Grüßen
Nino Arabuli

Senden

Von: n.arabuli@example.com

An... Reinigungsservice Horowitz

Betreff Beschwerde

An den „Reinigungsservice“:

Ich möchte mich beschweren. Seit Wochen machen Ihre Reinigungskräfte ihre Arbeit nicht richtig. Die Böden sind schmutzig und die Räume unordentlich. Das ist doch kein Service! Wofür bezahle ich eigentlich? Auf der Rechnung stehen sogar mehr Arbeitsstunden als früher! Mehr Geld für weniger Arbeit? Das kann nicht sein! Wenn Ihr Service nicht besser wird, bezahle ich die Rechnungen nicht mehr.

Ich erwarte eine schnelle Antwort.
Nino Arabuli

b Welche E-Mail finden Sie gut? Welche nicht so gut? Warum? Lesen Sie noch einmal in a. Sprechen Sie in Gruppen.

In der E-Mail rechts sagt Nino deutlich, dass sie sich beschweren möchte.

Das finde ich gut.

Findest du? Ich finde die E-Mail links besser. Sie ...

4 Ich möchte um ein Gespräch bitten.

a Wählen Sie eine Situation (A oder B). Schreiben Sie eine E-Mail. Die App hilft.

A Die Reinigungskraft im Nachbarschaftshaus kommt immer unpünktlich. Nino Arabuli möchte **sich bei der Reinigungsfirma beschweren** und um ein Gespräch bitten.

B Herr Klauke erwartet eine wichtige Lieferung mit Reinigungsmitteln. Die Lieferung ist leider nicht angekommen. Er möchte **sich bei der Lieferfirma beschweren** und um ein Gespräch bitten.

b Arbeiten Sie zu zweit. Tauschen Sie Ihre E-Mails. Kontrollieren Sie.

1. Ist die E-Mail höflich und sachlich?
2. Sind die Anrede und der Gruß richtig?
3. Sind alle Wörter richtig geschrieben?
4. Stehen die Verben an der richtigen Stelle?

c Was haben Sie richtig gemacht? Was war noch nicht so gut? Sprechen Sie im Kurs.

Ich habe alle Wörter richtig geschrieben, aber meine E-Mail war noch nicht so höflich.

D Danke für das nette Gespräch!

1 Hier können Sie Ihre Nägel machen lassen.

a Welches Verb passt? Ergänzen Sie.

1. die Reparatur – ___
2. die Reinigung – ___
3. die Bestellung – ___
4. die Lieferung – ___
5. die Hilfe – ___
6. die Änderung – ___

b Was passt? Lesen Sie. Ergänzen Sie die Nomen und Verben aus a.

1. Ich habe mein Handy ___ lassen. Die ___ war leider sehr teuer.
2. Können Sie den Mantel ___? Ja, klar. Die ___ kostet 19 Euro.
3. Sie können das Handy online ___. Wir kümmern uns dann um Ihre ___.
4. Was kostet die ___ ins Ausland? Wenn wir ins Ausland ___, zahlen Sie 55 Euro.
5. Danke für die ___ beim Umzug! Kein Problem, wir ___ gern.
6. Meine Hose ist zu lang. Was kostet die ___, wenn ich sie hier ___ lasse?

2 Das Handy ist schön, aber teurer als das andere.

Welches Handy möchten Sie kaufen? Vergleichen Sie. Sprechen Sie zu zweit.

Größe: 5,8 Zoll
Speicher: 128 GB
Akku: bis zu 72 h
Kamera: 50 MP
Preis: 649 €

Größe: 6,2 Zoll
Speicher: 256 GB
Akku: 32 h
Kamera: 32 MP
Preis: 415 €

Größe: 6,4 Zoll
Speicher: 128 GB
Akku: 29 h
Kamera: 50 MP
Preis: 499 €

Wenn ich die Handys vergleiche, finde ich Handy 3 am besten. Die Kamera ist genauso gut wie die Kamera von Handy 1, aber Handy 3 ist billiger.

3 Wir brauchen unbedingt ...

a Arbeiten Sie zu zweit. Wählen Sie eine Rolle (A oder B). Ihre Partnerin / Ihr Partner wählt die andere Rolle. Was und wie viel brauchen Sie? Sprechen Sie zu zweit.

A Sie sind **Chefin/Chef** von einem Pizza-Lieferdienst und brauchen neue Waren. Ihre Mitarbeiterin / Ihr Mitarbeiter soll alles bestellen. Lesen Sie in der App.

B Sie sind **Angestellte/r** bei einem Pizza-Lieferdienst. Ihre Chefin / Ihr Chef möchte neue Waren bestellen. Füllen Sie das Formular aus.

Lernziele: Wortschatz: Dienstleistungen • Adjektive: Komparation • sich entschuldigen • ein Bestellformular ausfüllen •

BESTELLFORMULAR

	Artikel	Menge	Preis
1	______	______	______
2	______	______	______
3	______	______	______
4	______	______	______
5	______	______	______

2.33
b Was liefert die Firma? Wie teuer ist es? Hören Sie. Korrigieren Sie in a.

2.33
c Was antwortet Herr Kaya? Hören Sie noch einmal. Kreuzen Sie an.

1. Sie haben Waren bei uns bestellt.

a ☐ Gibt es ein Problem? b ☐ Können Sie wieder nicht liefern?

2. Die Pfannen sind ausverkauft.

a ☐ Das ist wirklich ärgerlich. b ☐ Schade, aber danke für die Information.

3. Möchten Sie, dass wir sie liefern?

a ☐ Ja, ich brauche sie unbedingt. b ☐ Nein, sie sind zu teuer.

d Welches Problem gibt es noch mit der Lieferung? Arbeiten Sie zu zweit. Spielen Sie einen Dialog. Sprechen Sie höflich.

4 Texte zur Korrektur lesen

a Wie ist es richtig? Lesen Sie. Korrigieren Sie.

Sehr geehrte Damen ~~oder~~ und ☐ Herren,

seit vier Wochen gehen ☐ meine Tochter zu Ihnen zur Nachhilfe, aber seine ☐ Noten werden nicht besser. Sie sagt, dass sie lernt ☐ bei Ihnen nichts.

Ich möchte gern mit Sie ☐ sprechen. Bitte schreiben Sie mir, wann ich Sie anrufen kann.

Mit guten ☐ grüßen ☐

Miriam Makeba

b Was ist falsch in a? Ordnen Sie zu. Sprechen Sie im Kurs.

1. Man braucht ein anderes Wort.
2. Das Wort muss man großschreiben.
3. Der Artikel ist falsch.
4. Das Verb hat eine falsche Form.
5. Das Verb muss am Satzende stehen.
6. Das Personalpronomen ist falsch.

c Was können Sie schon gut? Welche Fehler machen Sie auch manchmal? Sprechen Sie im Kurs.

5 Alles klar? Wollen Sie mehr üben?

a Was hat Ihnen gefallen? Was war schwer? Was war leicht? Sprechen Sie im Kurs.

b Wiederholen Sie und üben Sie in der App. Wählen Sie A (leichte Übungen) oder B (schwere Übungen).

18 Rund ums Geld

A Ich bezahle immer mit Karte.

1 Ich bekomme noch zehn Kröten von dir.

a **Was denken Sie: Passen die Wörter oben zum Thema *Geld*? Sprechen Sie im Kurs.**

b **Kursspaziergang: Welche Wörter für *Geld* gibt es in Ihren Sprachen? Was bedeuten sie auf Deutsch? Arbeiten Sie mit einem Wörterbuch. Suchen Sie auch Fotos. Erzählen Sie.**

In Tschechien sagt man auch *prachy*. Das bedeutet *Staub* auf Deutsch.

c **Wofür geben Sie viel Geld aus? Wofür geben Sie wenig oder kein Geld aus? Sammeln Sie in Gruppen.**

Ich gebe viel Geld für die Miete aus. Meine Miete ist leider nicht günstig.

Für Kleidung gebe ich wenig Geld aus. Kinderkleidung bekomme ich von meiner Schwester.

2 Bezahlen Sie lieber bar oder mit Karte?

a **Bezahlen die Personen lieber bar oder bezahlen sie lieber mit Karte oder App? Warum? Arbeiten Sie zu dritt. Wählen Sie eine Person (A, B oder C). Machen Sie Notizen zu Ihrer Person.**

Ich habe immer ein paar Münzen und kleine Scheine in meiner Geldbörse. Wenn ich zum Bäcker gehe und nur wenig bezahlen muss, bezahle ich meistens bar. Vor ein paar Tagen habe ich aber ein neues Sofa gekauft. Das habe ich mit Karte gezahlt. Das war natürlich praktisch, weil ich vorher kein Geld am Geldautomaten abheben musste. Ich möchte einfach nicht so viel Bargeld dabeihaben. Ich habe Angst, dass ich meine Geldbörse verliere!

Lernziele: Ausdrücke für Geld verstehen und in verschiedenen Sprachen vergleichen • sagen, wofür man Geld ausgibt

Ich bezahle am liebsten mit meinem Smartphone. Das geht sehr schnell: Ich muss keine Scheine und Münzen zählen oder die PIN von meiner Karte eingeben. Ich kaufe auch manchmal online ein, dann überweise ich einfach das Geld. Bargeld finde ich altmodisch. Aber leider kann man nicht immer elektronisch bezahlen. Am Wochenende war ich mit Freunden in einem Club und dort konnte man Getränke nur mit Bargeld kaufen. Das war doof.

Ich bezahle nur selten mit Karte. So selten, dass ich mir meine PIN nicht merken kann! In vielen Restaurants und Kneipen kann man auch nur bar zahlen – was machen die Leute dann mit ihrem Handy oder mit ihrer Karte? Bargeld geht immer. Und wenn ich bar bezahle, weiß ich genau, wie viel Geld ich ausgebe. Ich bin einfach vorsichtig: Ich möchte nicht, dass die Geschäfte Informationen über mich sammeln oder dass jemand meine Kontodaten stiehlt.

	positiv	negativ
Bargeld		Nour hat Angst, dass sie ihre Geldbörse verliert.
Karte/App		

b **Wie bezahlen die Personen? Warum? Arbeiten Sie zu dritt (A, B, C). Erzählen Sie. Ergänzen Sie die Tabelle für alle Personen in a.**

c **Was kaufen Sie (fast) jeden Tag, jede Woche, …? Wie bezahlen Sie? Schreiben Sie.**

Das kaufe ich:	So bezahle ich:
(fast) jeden Tag: ______	______
jede Woche: ______	______
jeden Monat: ______	______
einmal pro Jahr: ______	______
einmal in 10 Jahren: ______	______

d **Arbeiten Sie in Gruppen. Vergleichen Sie.**

- Ich muss jeden Monat die Miete zahlen. Die überweise ich online.
- Ja, ich auch. Ich kaufe jeden Monat ein Monatsticket für die öffentlichen Verkehrsmittel. Das Ticket bezahle ich mit Karte am Automaten.

B Ich muss Geld überweisen.

1 Das ist meine Bank.

a Lesen Sie die Fragen. Sprechen Sie in Gruppen. Die Bildleiste hilft.

1. Wie heißt Ihre Bank?
2. Was kostet ein Konto bei Ihrer Bank?
3. Gibt es eine Filiale in Ihrer Nähe?
4. Welche Öffnungszeiten hat die Bank?
5. Wie oft gehen Sie dorthin?
6. Was machen Sie dort?

b Wie viel Geld hat Rita Danilescu auf ihrem Konto? Markieren Sie.

Targobank

Konto-Nr. 0106531065 BLZ 30020900 Targobank Auszug Nr. 10

Datum	Buchungstext		Betrag
26.10.2024	Miete für 11/2024		859,00-
28.10.2024	Einkauf im Supermarkt: Aldi sagt danke!		49,99-
28.10.2024	Kartenzahlung Girocard Tankstelle XP		37,63-
30.10.2024	Auszahlung Girocard Muster-Bank		100,00-
02.11.2024	Gehalt 10/2024 von KempAG		1407,42+
Kamen, den 3.11.2024	16:52 Uhr	Saldo	3185,50

c Was ist richtig? Lesen Sie noch einmal. Kreuzen Sie an.

1. ☐ Rita Danilescu zahlt 859 Euro für ihre Wohnung.
2. ☐ Sie hat für 49,99 Euro Lebensmittel gekauft.
3. ☐ Sie verdient 2.024 Euro pro Monat.
4. ☐ Sie hat 50 Euro am Automaten abgehoben.
5. ☐ Sie hat für 37,63 Euro getankt.

2 Wie füllt man das Formular aus?

a Lesen Sie. Ergänzen Sie. Vergleichen Sie dann zu zweit.

Zahnarztpraxis
Franz Roth, Langestraße 35, 59075 Kamen

Rita Danilescu
Kreuzgasse 5
59075 Kamen

17.7.2025

Rechnungs-Nr. **9702**

Für die Behandlung am 9. Juni berechne ich Ihnen **81,48 EUR**. Bitte überweisen Sie den Betrag auf mein Konto, IBAN:
DE88 1009 0000 1234 5678 92

Empfänger (Name, Vorname):
____

IBAN:
D E _ _ _ _ _ _ _ _ _ _ _ _ _ _ _ _ _ _

Betrag: Euro, Cent
____

Verwendungszweck:
Rechnungs-Nr. 9702

b Was steht bei *Verwendungszweck*? Warum? Sprechen Sie im Kurs.

das Konto

Bitte geben Sie Ihre Bankverbindung ein:
Name: Max Mustermann
Bank: Landesbank Berlin
IBAN: DE02 1005 0000 0054 5404 02
BIC: BELADEBE

die Bankverbindung

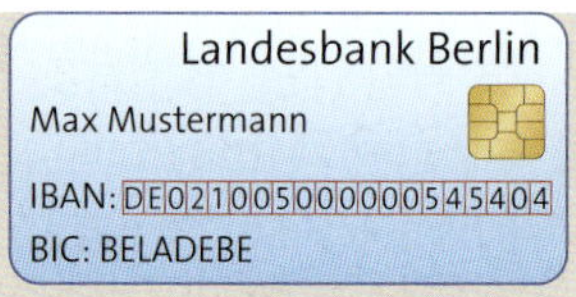

die IBAN

die Bankkarte

Lernziele: über Banken sprechen • einen Kontoauszug verstehen • ein Überweisungsformular ausfüllen • um Hilfe bitten • erklären, wie

3 Entschuldigung, können Sie mir helfen?

a Was machen die Personen? Sprechen Sie im Kurs.

- Die Frau erklärt dem Mann etwas.
- Ja, vielleicht möchte er Geld abheben, aber der Automat funktioniert nicht?

2.34

b Hatten Sie recht? Hören Sie und lesen Sie. Sprechen Sie im Kurs.

- Entschuldigung, können Sie mir bitte helfen? Der Automat funktioniert nicht richtig.
- Gerne, ich komme. Was möchten Sie machen?
- Ich möchte meine Kontoauszüge ausdrucken, aber es geht nicht.
- Okay, dann schauen wir mal. Stecken Sie bitte Ihre Bankkarte in den Geldautomaten. So, jetzt geben Sie Ihre PIN ein. Gut, und jetzt klicken Sie hier auf „Kontoauszug drucken".
- Das habe ich gemacht, aber sehen Sie: Es passiert nichts.
- Hm, das stimmt. Ah, ich sehe schon: Es gibt kein Papier mehr. Warten Sie einen Moment, ich komme gleich zurück.

c Was passt zusammen? Lesen Sie noch einmal. Verbinden Sie.

1. Der Kunde fragt die Frau,
2. Der Kunde sagt,
3. Der Automat funktioniert nicht,

a dass der Automat nicht funktioniert.
b weil kein Papier im Automaten ist.
c ob sie ihm helfen kann.

2.35

d Phonetik: Betonung im Satz. Hören Sie. Sprechen Sie nach.

1. Ich möchte eine Überweisung machen.
2. Ich möchte Geld einzahlen.
3. Stecken Sie die Bankkarte in den Automaten.
4. Geben Sie Ihre PIN ein.
5. Wo bekomme ich eine Quittung?

e Arbeiten Sie zu zweit. Wählen Sie eine Situation (A oder B). Spielen Sie einen Dialog. Die App hilft.

A Sie möchten **am Automaten eine Überweisung machen**. Bitten Sie einen Angestellten um Hilfe.

B Sie möchten **Geld am Geldautomaten einzahlen**. Bitten Sie einen Angestellten um Hilfe.

f Spielen Sie die Dialoge in Gruppen. Haben die Personen flüssig und verständlich gesprochen? Haben Sie die Erklärung verstanden? Geben Sie Feedback.

g Haben Sie selbst Erfahrungen mit den Situationen (A oder B) gemacht? Sprechen Sie im Kurs.

- Ich habe noch nie eine Überweisung am Automaten gemacht. Ich mache meine Überweisungen immer online oder mit einer App.

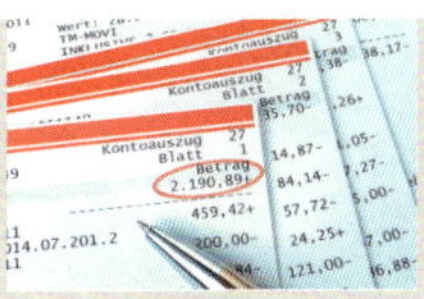
der Kontoauszug

die Überweisung

die Geheimzahl/PIN

der Geldautomat

C Können Sie mir erklären, was das bedeutet?

1 Habe ich das richtig verstanden?

a Wo stehen die Informationen? Lesen Sie die Fragen. Markieren Sie.

sport Meyer Ihr Treffpunkt für Sport & Freizeit

Tolle Angebote! Beste Preise!

E-Bike XT12x

Das perfekte E-Bike für Anfängerinnen und Anfänger.
Geschwindigkeit max. 25 km/h, für Fahrten bis zu 150 km
Ladezeit: 5,5 h

UVP ~~3.900 €~~
3.500 €

Ratenzahlung ab 291 € p. M.
12 Monate – Jahreszins 5 %
Lieferung nach Hause: 40,00 €
Aufbau vor Ort: 55,00 €

1. Was kostet das E-Bike?
2. Was kostet es, wenn man das E-Bike nicht selbst abholt?
3. Wie viel kostet das E-Bike pro Monat, wenn man den Betrag nicht sofort bezahlt?
4. Was kostet es, wenn die Firma das E-Bike bei Ihnen zu Hause aufbaut?

28 **b Warum möchte Herr Klauke ein E-Bike kaufen? Warum kauft er vielleicht keins? Sehen Sie das Video. Sprechen Sie im Kurs.**

28 **c Wie reagiert Herr Klauke? Sehen Sie das Video noch einmal. Markieren Sie.**

nachfragen

Was wollen Sie damit sagen?	Habe ich das richtig verstanden?
Was meinen Sie mit …?	Können Sie mir erklären, was das bedeutet?
Haben Sie gesagt, dass …?	Entschuldigung, was bedeutet …?

d Wie kann man nachfragen? Sprechen Sie zu zweit. Benutzen Sie die Redemittel in c.

1. Sie sollten mehr Sport machen. …
2. Die Lieferung kostet extra. …
3. Sie können auch in Raten zahlen. …

e Ratenzahlung oder Leasing? Kreuzen Sie an.

sport Meyer **Ratenzahlung**

- 12 Monate: 291,60 € = 3.500 €
- plus 5 % Zinsen = 175 €

Man zahlt insgesamt 3.675 €.

sport Meyer **Leasing**

- 36 Monate: 60 € = 2.160 €

Zum Schluss zahlt man noch 1.640 €.
Man zahlt insgesamt 3.800 €.

	Ratenzahlung	Leasing
1. Man bezahlt monatlich weniger, aber insgesamt mehr.	☐	☐
2. Nach drei Jahren muss man noch einen Betrag zahlen.	☐	☐
3. Das Fahrrad gehört Herrn Klauke nach einem Jahr.	☐	☐

Lernziele: Werbeangebote verstehen • nachfragen • über Kredite und Schulden sprechen • Verben mit Dativ und Akkusativ

2 Meine Eltern können uns das Geld leihen.

2.36

a Richtig oder falsch? Hören Sie. Kreuzen Sie an.

	richtig	falsch
1. Nino Arabuli zeigt ihrem Mann die Anzeige.	☐	☐
2. Nino Arabuli erklärt ihm den Rabatt.	☐	☐
3. Ihre Eltern leihen ihnen das Geld.	☐	☐
4. Das Geschäft gibt ihnen einen Kredit.	☐	☐

b Wem? Markieren Sie die Verben in a. Ergänzen Sie.

Verben mit Dativ und Akkusativ

Wer? *(Nominativ)*		**Wem?** *(Dativ)*	**Was?** *(Akkusativ)*
Nino Arabuli	zeigt	____________	die Anzeige.
Sie	erklärt	____________	den Rabatt.
Ihre Eltern	leihen	____________	das Geld.
Das Geschäft	gibt	____________	einen Kredit.

auch: schenken, schicken, kaufen

c Was kann man leihen? Schreiben Sie Karten wie im Beispiel. Fragen Sie und antworten Sie.

der Stift *das Fahrrad*

mir • meiner Schwester • meinem Freund • uns • ihm • ihr

Kannst du mir den Stift leihen?

Ja, ich kann dir den Stift leihen.

d Sparen Sie für teure Dinge? Kaufen Sie sie in Raten? Oder leihen Sie sich Geld? Sprechen Sie im Kurs.

Ich leihe mir nie Geld. Ich mache nicht gern Schulden. Für teure Dinge spare ich lieber.

3 Wir brauchen eine Kaffeemaschine.

a Nino Arabuli will eine Kaffeemaschine kaufen. Arbeiten Sie zu zweit. Wählen Sie ein Angebot (A oder B) in der App. Ihre Partnerin / Ihr Partner wählt das andere Angebot. Lesen Sie. Ergänzen Sie.

	A Leasing	**B Ratenzahlung**
Monatliche Zahlung:	________	________
Jahre:	________	________
Zinsen:	________	________
Gesamtpreis:	________	________
Lieferung:	________	________
Garantie:	________	________

Ladenpreis: 808,99 €

b Welche Informationen hat Ihre Partnerin / Ihr Partner? Sprechen Sie zu zweit. Ergänzen Sie in a.

Wie viel muss man monatlich beim Leasing zahlen?

c Leasing oder Ratenzahlung? Was finden Sie besser? Sprechen Sie im Kurs.

D Wenn ich genug Geld habe, ...

1 Wörter im Kontext verstehen

a Worüber sprechen die Personen? Lesen Sie. Ordnen Sie zu.

☐ über einen Ort ☐ über ein Gericht ☐ über ein Ticket ☐ über eine Bezahlung

1. Meine Schwester hat eine neue Arbeit. Sie muss aber leider nach Essen ziehen.
   Nach Essen? Wo genau liegt Essen?
   Warte, ich zeige es dir auf der Karte.

2. Entschuldigung, kann man hier mit Karte zahlen? Ich habe kein Bargeld dabei.
   Nein, das ist leider nicht möglich. Bei uns kann man nur bar zahlen.

b Was bedeutet das Wort *Karte* in a? Sprechen Sie im Kurs.

c Wie sagt man *Karte* in Ihren Sprachen? Gibt es ein oder mehrere Wörter? Erzählen Sie.

Bei uns gibt es auch nur ein Wort. Wir sagen: кáрта.

Wir benutzen zwei verschiedene Wörter: *kaart* und *pinpas*.

d Welche Wörter mit *-karte* kennen Sie? Sammeln Sie im Kurs.

Ich kenne das Wort *Speisekarte* und ...

2 Was ist das?

Welches Wort ist das? Ergänzen Sie. Was ist das Lösungswort?

1.	S					d									
		2.		b				e							
			3.				a								
				4.			h								
			5.			n									
		6.									z				
				7.						u					

1. Wenn Sie Geld von Freunden oder Bekannten leihen, haben Sie ________.
2. Wenn man elektronisch Geld schickt, nennt man das eine ________.
3. Ein anderes Wort für *Ermäßigung*.
4. Wenn Sie bar bezahlen wollen, brauchen Sie Münzen oder ________.
5. Ein anderes Wort für Geheimzahl.
6. Hier sehen Sie, was Sie wann ausgegeben haben.
7. Hier können Sie Geld abheben.

Lernziele: über Geld und Schulden sprechen • Wortfeld: Geld • Strategie: Wörter im Kontext verstehen

3 Was machen Sie, wenn …?

a Was machen Sie, wenn …? Ergänzen Sie. Schreiben Sie die Sätze auf Karten wie im Beispiel.

1. Wenn ich meine Geldbörse verloren habe, …
2. Wenn ich eine teure Sache kaufen möchte, …
3. Wenn ich Geld brauche, …
4. Wenn ich meine Bankkarte vergessen habe, …
5. Wenn Freunde oder Verwandte Geld brauchen, …
6. Wenn meine Kinder mich um Taschengeld bitten, …
7. Wenn ich Schulden habe, …

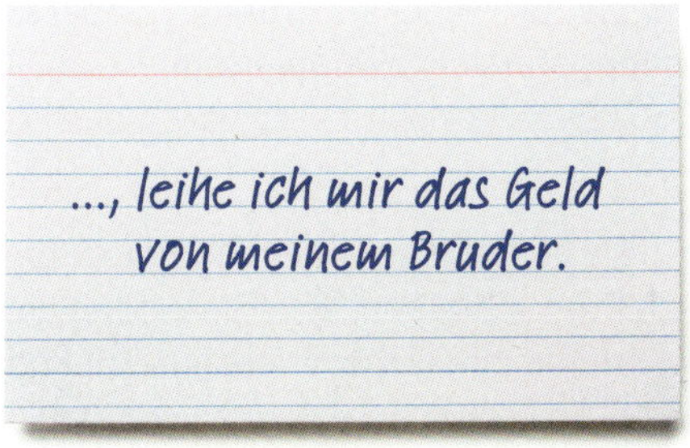

b Was passt zusammen? Arbeiten Sie zu zweit. Tauschen Sie die Karten. Ihre Partnerin / Ihr Partner ordnet zu. Kontrollieren Sie.

- Ich glaube, richtig ist: *Wenn du deine Geldbörse verloren hast, leihst du dir das Geld von deinem Bruder.*
- Nein, falsch. Richtig ist: …

4 Ich muss Geld sparen.

a Arbeiten Sie zu zweit. Wählen Sie eine Aufgabe (A oder B). Ihre Partnerin / Ihr Partner wählt die andere Aufgabe. Machen Sie Notizen.

A

Was machen Sie, wenn Sie genug Geld auf dem Konto haben?
- für … sparen?
- für … ausgeben?
- anderen Geld leihen oder ihnen etwas schenken?

B

Was machen Sie, wenn Sie eine teure Sache kaufen möchten, aber nicht genug Geld haben?
- in Raten zahlen?
- Schulden machen? Geld von Freunden oder Verwandten leihen?
- sparen?

b Arbeiten Sie zu zweit. Was machen Sie, wenn …? Erzählen Sie. Ihre Partnerin / Ihr Partner fragt nach.

- Wenn ich genug Geld habe, spare ich einen Teil für Notfälle. Wenn dann zum Beispiel mein Auto kaputtgeht, habe ich Geld für die Reparatur und muss mir kein Geld leihen.
- Ja, das ist schlau. Kannst du jeden Monat etwas sparen?

5 Alles klar? Wollen Sie mehr üben?

a Was hat Ihnen gefallen? Was war schwer? Was war leicht? Sprechen Sie im Kurs.

b Wiederholen Sie und üben Sie in der App. Wählen Sie A (leichte Übungen) oder B (schwere Übungen).

TREFFPUNKT

Monatsgrafik:
Was ärgert viele Menschen in Deutschland?

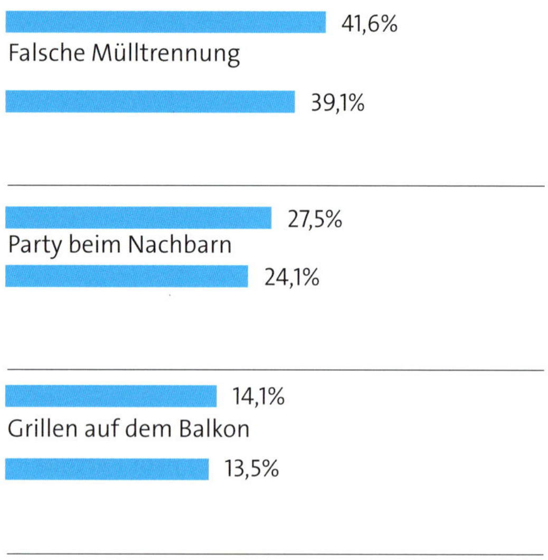

(Datenquelle: myMarktforschung.de, 2016)

Ich biete ...

A ☐ Es ist Sonntag oder 4 Uhr morgens, alle Geschäfte haben zu und Sie haben Hunger oder Durst oder Appetit auf ein Eis? Oder Sie brauchen dringend eine Zahnbürste?
Ich liefere alles, was Sie brauchen: von Brot und Wein bis zum Ladekabel für Ihr Handy! Kontakt: ichshoppefürsie@example.com

B ☐ Sie lieben eine Person und möchten ihr einen Brief schreiben, aber Sie wissen nicht, wie? Ich schreibe Ihre Liebesbriefe (als Brief oder E-Mail): Mit schönen Worten gewinnen Sie jedes Herz! Rufen Sie an: 0162 2089982

C ☐ Planen Sie eine große Party? Kommen Ihre Verwandten zu Besuch? Aber Sie können nicht kochen? Kein Problem: Mieten Sie mich! Ich koche jedes Gericht – schnell, billig und lecker. Ihre Gäste werden begeistert sein! Schreiben Sie mir: mietkoch@example.org

1 Was ärgert viele Menschen in Deutschland?

Was denken Sie: Was passt? Ordnen Sie zu. Kontrollieren Sie mit der Lösung unten.

Lautes Reden im Bus – Bezahlen an der Kasse mit Kleingeld – Laute Kinder

2 Ich biete ...

a Welches Angebot passt? Lesen Sie. Ordnen Sie zu. Eine Aussage passt nicht.

1. Sie feiern ein Fest und brauchen eine Person, die sich um das Essen kümmert.
2. Sie möchten einer Person, die Ihnen gefällt, schreiben. Aber Sie können das nicht.
3. Sie müssen eine Bewerbung schreiben und brauchen Hilfe.
4. Es ist Wochenende und Sie haben nicht eingekauft.

b Projekt. Welche Angebote gibt es in Supermärkten? Machen Sie Fotos oder Notizen. Erzählen Sie im Kurs.

Lösung zu 1: Lautes Reden im Bus 39,1% – Laute Kinder 24,1% – Bezahlen an der Kasse mit Kleingeld 13,5%

Geld – eine kurze Geschichte

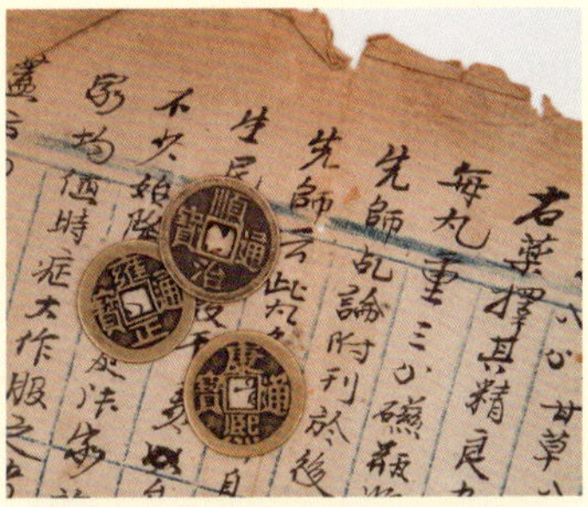

- ☐ seit 10.000 v. Chr.
- ☐ seit 6.000 v. Chr.
- ☐ seit 550 v. Chr.
- 0
- ☐ seit dem 10./11. Jh.
- ☐ seit 1950
- ☐ seit 2015

3 Geld – eine kurze Geschichte

a Was passt? Lesen Sie. Ordnen Sie zu.

1. Vor mehr als 1.000 Jahren hat es in China zu wenig Münzen gegeben. Deshalb hat man Papiergeld gedruckt. In Europa gibt es Papiergeld erst seit dem 17. Jahrhundert.
2. Etwas später, vor etwa 8.000 Jahren, hat man mit wichtigen Waren bezahlt – z.B. Tieren, Salz oder Kauri-Schnecken.
3. Am Anfang hat man getauscht: Waren, die man hatte, für Waren, die man haben wollte.
4. Vor 2.500 Jahren hat man aus Metall Münzen gemacht. So konnte man einfacher Waren kaufen.
5. Seit einigen Jahren kann man mit dem Smartphone an der Kasse bezahlen.
6. Im Jahr 1953 hat man in New York die Kreditkarte erfunden – zuerst nur für Gäste von teuren Restaurants. Und seit 1966 gibt es die EC-Karte.

2.37 **b Richtig? Hören Sie. Kontrollieren Sie.**

c Was haben Sie nicht gewusst? Was ist für Sie neu? Sprechen Sie im Kurs.

19 Auf Reisen

Weicher, weißer Sand, blaues Meer und ein Yachthafen – eine typische Stadt an der Ostsee. Auf den Märkten und in den Restaurants gibt es frischen Fisch direkt aus dem Meer! Verbringen Sie sonnige Tage draußen und erleben Sie schöne Natur!

Hohe, moderne Gebäude und große Banken sind typisch für diese Großstadt in der Mitte von Deutschland. Dazu ein Flughafen mit 80.000 Angestellten. Unser Tipp: Das Mainuferfest im August. Musik und Feuerwerk für Groß und Klein!

Die Zauberinsel in der Nordsee ist 17 km lang und ca. 900 m breit. Im Norden warten lange, saubere Strände auf Sie. Das Besondere: sehr ruhiger Verkehr, denn hier dürfen keine Autos fahren. Sogar die Müllabfuhr fährt mit Pferdekutschen.

Weltbekannte Firmen, berühmte Museen und Theater und der Olympiapark – das alles finden Sie in dieser Stadt in Bayern. Unser Tipp für den Sommer: Machen Sie einen Spaziergang durch den Englischen Garten.

Eine Schifffahrt auf der Elbe, historische Gebäude, die Semperoper und die Frauenkirche – hier wartet viel Kultur auf Sie. Aber auch ein Ausflug in die Natur ist möglich: Fahren Sie bequem mit der S-Bahn in die Sächsische Schweiz.

Hohe Berge, große Wälder, seltene Vögel und andere Tiere. Hier können Sie Wanderungen machen, Rad fahren, klettern oder schwimmen. Danach empfehlen wir Ihnen die Schwarzwälder Kirschtorte.

A Den Ort mag ich besonders gerne.

1 Weicher, weißer Sand ...

a Was denken Sie: Welche Orte sind das? Lesen Sie. Ordnen Sie zu. Die Bildleiste hilft.

München • Warnemünde • (der) Schwarzwald • Frankfurt • Dresden • (die) Insel Juist

b Was können Sie über die Orte sagen? Arbeiten Sie zu dritt. Wählen Sie eine Aufgabe (A, B oder C). Die anderen wählen die anderen Aufgaben. Arbeiten Sie mit der App. Erzählen Sie.

A	B	C
Insel Juist + Dresden	Schwarzwald + München	Frankfurt + Warnemünde

Auf Foto 1 ist ... Im Text steht ... Ich habe hier ein Foto dazu.

der Strand

der Hafen

die Altstadt

das Theater

die Oper

die Kirche

Lernziele: Ortsbeschreibungen verstehen • einen Lieblingsort beschreiben • Wortfeld: Orte in der Stadt • Adjektive vor Nomen ohne

c **Lesen Sie noch einmal. Ergänzen Sie.**

1. In ________________ kann man mit dem Schiff auf der Elbe fahren.
2. Auf ________________ darf man nicht mit dem Auto fahren.
3. In ________________ kann man sehr gut ins Konzert oder in die Oper gehen.
4. Im ______________________ gibt es eine berühmte süße Spezialität.
5. In ________________ gibt es viele Banken.
6. In ___________________ gibt es einen Yachthafen.

d **Welchen Ort links kennen Sie? Welchen Ort möchten Sie gerne besuchen? Warum? Sprechen Sie im Kurs.**

Ich war noch nie auf Juist. Ich habe gehört, dass es viele Touristen auf der Insel gibt. Ich selbst möchte ...

2 Sie können dort frischen Fisch kaufen.

a **Wie sind die Orte? Lesen Sie noch einmal. Markieren Sie die Adjektive.**

b **Ergänzen Sie. Markieren Sie die Endungen.**

Adjektive vor Nomen ohne Artikel

Nom.	der Fisch	das Meer	die Natur	die Strände
	frischer Fisch	__________ Meer	schöne Natur	__________ Strände
Akk.	den Fisch	das Meer	die Natur	die Strände
	__________ Fisch	blaues Meer	__________ Natur	lange Strände

3 Das ist mein Lieblingsort.

2.38 a **Welcher Ort links passt? Hören Sie. Sprechen Sie im Kurs.**

2.38 b **Was ist falsch? Hören Sie noch einmal. Kreuzen Sie an.**

1. ☐ Sara Al-Mukhtar findet, im Park kann man sich gut erholen.
2. ☐ Im Park kann man mit dem Boot fahren und surfen.
3. ☐ Im Park sieht man meistens nur junge, aktive Leute.

Sara Al-Mukhtar

c **Was ist Ihr Lieblingsort? Wählen Sie eine Aufgabe (A oder B). Machen Sie Notizen zu den Fragen.**

Mein Lieblingsort **in Deutschland** **A**

Mein Lieblingsort **in einem anderen Land** **B**

1. Wie heißt der Ort? Wo ist er?
2. Wie ist der Ort?
3. Was gibt es dort?
4. Was kann man dort machen?

d **Schreiben Sie einen Text über Ihren Lieblingsort. Suchen Sie Fotos. Die App hilft.**

e **Arbeiten Sie zu dritt. Lesen Sie Ihren Text laut. Zeigen Sie Fotos. Die anderen fragen.**

Wie schön! Bist du dort oft?

der Dom

die Moschee

die Synagoge

der Turm

der Flughafen

das Fußballstadion

B Ganz toll!

1 Machen wir einen Betriebsausflug?

29 **a Was erfahren Sie? Sehen Sie das Video. Antworten Sie.**

1. Wer macht einen Betriebsausflug?
2. Wie lange dauert der Betriebsausflug?
3. Warum machen die Personen im Nachbarschaftshaus einen Betriebsausflug?

29 **b Was sagen die Personen? Sehen Sie das Video noch einmal. Markieren Sie.**

Freude ausdrücken

Das ist aber schön! / Das freut mich!

Super, das gefällt mir richtig gut!

Die Idee finde ich wirklich super.

Ich freue mich sehr!

Das ist toll/wunderbar!

Das ist super/fantastisch!

Ich bin wirklich begeistert!

c Wie finden die Personen die Idee vom Betriebsausflug? Sind alle begeistert? Warum (nicht)? Sprechen Sie im Kurs.

2 Wir möchten uns besser kennenlernen.

a Was macht man beim Betriebsausflug? Lesen Sie. Schreiben Sie Antworten.

Senden

Von... Hannah Hariri

Betreff Betriebsausflug

Liebe Frau Arabuli,

in unseren drei Nachbarschaftshäusern arbeiten viele Menschen. Sie haben dieses Jahr wieder viele tolle Angebote für die Menschen in Ihrer Nachbarschaft organisiert. Das war wunderbar und wir danken Ihnen und allen Mitarbeiter*innen ganz herzlich!

Damit wir uns besser kennenlernen, möchten wir – wie jedes Jahr – alle Mitarbeiter*innen zu einem Betriebsausflug einladen.

Unser Programm: Wir treffen uns um Punkt 7 Uhr am Ostbahnhof und fahren dann gemeinsam in die Sächsische Schweiz. Dort wandern wir zusammen. Für 11 Uhr ist ein Rundgang durch die Festung Königstein geplant und zum Mittagessen lädt der Verein alle in ein Restaurant ein. Ein Getränk ist inklusive, weitere Getränke müssen die Teilnehmenden selbst zahlen. Die gemeinsame Rückfahrt mit dem ICE ab Dresden ist für 16 Uhr geplant. Unsere Ankunft in Berlin ist gegen 18:30 Uhr.

Damit wir besser planen können, melden Sie sich bitte bei Anna Wyshkow an: wyshkow@example.org. Weitere Informationen bekommen Sie nächste Woche.

Ich freue mich auf unseren Ausflug!

Herzliche Grüße
Hannah Hariri

Leiterin Verein für Bildung und Inklusion e.V.

Lernziele: über Betriebsausflüge sprechen • ein Infoschreiben über einen Betriebsausflug verstehen • über gute Zusammenarbeit

1. Wie oft macht der Verein einen Betriebsausflug?
2. Wie lange dauert der Betriebsausflug?
3. Wer bezahlt im Restaurant?
4. Wer nimmt am Betriebsausflug teil?
5. Warum macht der Verein einen Betriebsausflug?

b Wie finden Sie Betriebsausflüge? Sprechen Sie in Gruppen.

Ich habe noch nie einen Betriebsausflug gemacht. Ich finde, ...

Ich habe mal einen Ausflug mit meiner Firma gemacht. Es war ...

3 Wir planen einen Ausflug in die Sächsische Schweiz!

a Arbeiten Sie zu zweit. Planen Sie einen Ausflug für 10 Personen. Sie haben 300 Euro. Wählen Sie eine Rolle in der App (A oder B). Ihre Partnerin / Ihr Partner wählt die andere Rolle.

die Bastei-Brücke

die Festung Königstein

der Amselsee

die Felsenburg Neurathen

der Kletterwald Königstein

1. Wann fahren Sie? (Datum, Uhrzeit)
2. Wie fahren Sie? (Verkehrsmittel, Ticket)
3. Was machen Sie?
4. Wo essen Sie?

etwas vorschlagen	nachfragen
Wir könnten vielleicht ...	Meinst du, dass wir ...?
Wollen wir ...?	Habe ich dich richtig verstanden?
Ich möchte gerne ...	Du möchtest ...?
Wie gefällt dir die Idee?	

b Was haben Sie geplant? Arbeiten Sie zu viert. Vergleichen Sie.

Wann fahrt ihr los?

Wir wollen früh am Morgen losfahren. Dann können wir mehr machen.

C Bitte kommen Sie zu Gate 45.

1 Wo kann ich mein Gepäck abgeben?

2.39

a Sie hören eine Durchsage auf Schwedisch. Was haben Sie verstanden? Sprechen Sie in Gruppen.

Ich glaube, die Passagiere sollen ...

b Welche Informationen hört man am Flughafen? Sammeln Sie.

Man hört oft, dass Passagiere zum Gate kommen sollen.

2 Was macht man bei der Sicherheitskontrolle?

Was sehen Sie hier? Was macht man dort? Arbeiten Sie zu zweit. Fragen Sie und antworten Sie. Die Bildleiste hilft.

das Gepäck abgeben • das Gepäck abholen • den Pass zeigen • auf den Abflug warten • sich über die Abflugzeit informieren • das Gepäck kontrollieren lassen • einchecken • einen Kaffee trinken • oder etwas essen • etwas einkaufen

Nummer 1 ist die Gepäckausgabe. Was macht man an der Gepäckausgabe?

An der Gepäckausgabe kann man sein Gepäck abholen.

3 Bitte öffnen Sie Ihre Tasche.

2.40

a Welches Foto passt? Hören Sie. Ordnen Sie zu.

A ☐

B ☐

C ☐

der Check-in-Schalter

das Gepäck

das Flugticket

die Sicherheitskontrolle

die Passkontrolle

der Duty-Free-Shop

Lernziele: einen Orientierungsplan verstehen • Durchsagen am Flughafen verstehen • wichtige Informationen erfragen •

2.40 **b Was ist richtig? Hören Sie noch einmal. Kreuzen Sie an.**

1. Sie müssen die elektronischen Geräte ...
   - a ☐ in die Tasche stecken.
   - b ☐ auf das Band legen.
   - c ☐ ausschalten.

2. Das Flugzeug nach Toronto fliegt ...
   - a ☐ von Gate A27 ab.
   - b ☐ von Gate B15 ab.
   - c ☐ von Gate T34 ab.

3. Zur Gepäckausgabe fährt man ...
   - a ☐ die Rolltreppe runter.
   - b ☐ die Rolltreppe rauf.
   - c ☐ mit dem Aufzug rauf.

c Sehen Sie das Bild an. Lesen Sie zu zweit. Variieren Sie den Dialog.

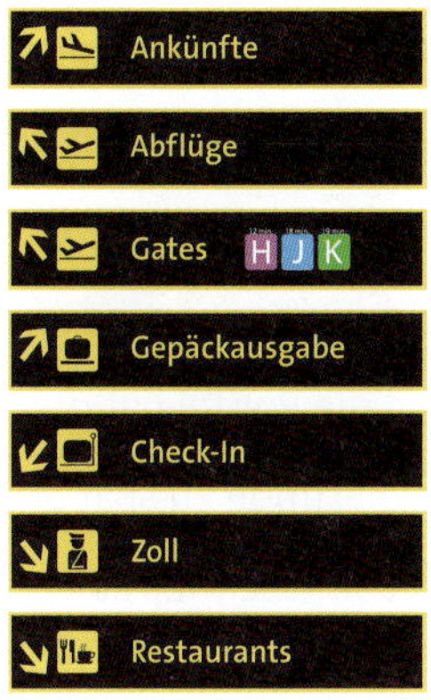

- Entschuldigung, können Sie mir sagen, wo die Gepäckausgabe ist?
- Ja, gerne. Sehen Sie die Rolltreppe dort? Sie fahren die Rolltreppe rauf, dann gehen Sie nach rechts und dann immer geradeaus. Dort ist die Gepäckausgabe.
- Also, die Rolltreppe rauf, dann nach rechts und geradeaus.
- Ja, genau.
- Vielen Dank!

d Was passt: *runter* oder *rauf*? Lesen Sie noch einmal. Ergänzen Sie.

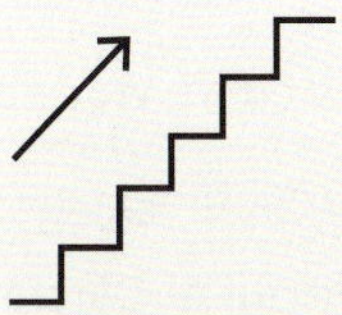

Sie fahren die Rolltreppe ____________.

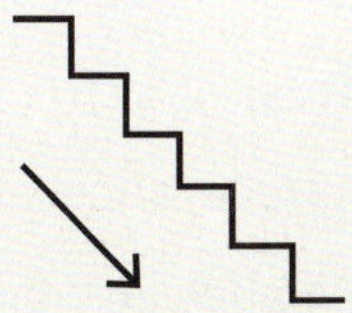

Sie fahren die Rolltreppe ____________.

2.41 **e Phonetik: *b, d, g* wird *p, t, k*. Hören Sie. Sprechen Sie nach.**

1. das Gepäck abgeben – das Gepäck abholen
2. das Gepäckband – der Fundservice
3. der Flughafen – der Abflug

4 Können Sie mir helfen?

Arbeiten Sie zu zweit. Wählen Sie eine Situation (A oder B) und eine Rolle (1 oder 2). Spielen Sie einen Dialog.

2.42
2.43

A

Rolle 1:
Sie sind am Flughafen und möchten nach Kairo fliegen. Sie hören eine Durchsage. Bitten Sie um Hilfe.

Rolle 2:
Sie sind am Flughafen und hören eine Durchsage. Eine Person hat eine Frage. Helfen Sie der Person.

B

Rolle 1:
Sie stehen am Gepäckband. Ihr Koffer ist nicht angekommen. Was können Sie tun? Fragen Sie.

Rolle 2:
Sie stehen am Gepäckband. Das Gepäck von einer Person ist nicht angekommen. Beschreiben Sie den Weg zum Fundbüro.

die Anzeigetafel

das Gate

der Abflug/Start

die Ankunft/Landung

die Gepäckausgabe

der Zoll

D Das ist ein guter Vorschlag.

1 Die Reise war nicht einfach.

Welches Wort ist richtig? Lesen Sie. Korrigieren Sie.

Wir sind gut in London angekommen, aber die ~~Rolltreppe~~ Reise war nicht einfach. Wir sind früh aufgestanden und sind zum Check-in-Schalter gefahren. Leider war auf der Sicherheitskontrolle ein Unfall und die Polizei hat die Straße gesperrt. Wir sind eine Stunde zu spät am Flughafen angekommen und sind schnell zum Gepäck gelaufen. Wir haben dort unsere großen Passagiere aufgegeben und sind zur Durchsage gelaufen. Natürlich waren dort viele Leute. Ein Mann vor uns hatte ein Problem: Er hatte eine Schere im Pass! Er musste sie in den Müll werfen. Wir waren bei der Kontrolle schnell fertig. Dann haben wir unseren Flughafen an der ~~Reise~~ gezeigt – auch alles in Ordnung, unsere Pässe waren zum Glück noch gültig. Und dann

sind wir nach links gelaufen. Dort war schon das Gate, aber: Kein Mensch war dort. Warum? Auf einmal haben wir gehört: „Achtung, eine Autobahn für die Koffer gebucht auf AirDaro nach London: Der Flug geht von Gate 37." Da mussten wir wieder laufen. Aber wir haben es geschafft!

2 Meinst du das Meer?

a An welche Wörter denken Sie? Arbeiten Sie in Gruppen. Wählen Sie ein Wort. Sammeln Sie Wörter auf einem Plakat.

Wasser	Luft	Erde
das Schiff schwimmen	fliegen die Wolken	der Berg laufen

b Welche Wörter passen noch? Tauschen Sie Ihre Plakate. Lesen Sie. Ergänzen Sie.

c An welchen Ort denken Sie? Wählen Sie einen Ort. Schreiben Sie ihn auf einen Zettel. Die anderen raten und stellen nur Ja-/Nein-Fragen. Tauschen Sie dann die Rollen.

der Park • der Fluss • das Museum • das Meer • die Berge • der Flughafen • der Bahnhof • das Café • der Strand • der Wald • das Fußballstadion • das Schwimmbad • ...

- Kann man dort schwimmen?
- Nein, man kann dort nicht schwimmen.
- Gibt es dort ...?

Lernziele: Wortfeld: Flughafen, Orte in der Stadt • indirekte Fragen • einen Ausflug gemeinsam planen • etwas vorschlagen •

3 Können Sie mir sagen, wo ...?

Arbeiten Sie zu zweit. Fragen Sie und antworten Sie höflich wie im Beispiel.

1. Wo ist Gate 33?
2. Wie lange brauche ich für die Sicherheitskontrolle?
3. Wann beginnt der Check-in für den Flug nach Toronto?
4. Gibt es hier einen Aufzug?
5. Wohin muss ich jetzt gehen?
6. Muss ich meinen Pass noch einmal zeigen?

Entschuldigung, können Sie mir sagen, wo Gate 33 ist?

Nein, tut mir leid, das weiß ich leider auch nicht. Wissen Sie, ...

4 Sprechen vorbereiten

a **Planen Sie für Ihren Sprachkurs einen Ausflug. Schreiben Sie Fragen.**

1. Termin
2. Ort
3. Treffpunkt
4. Uhrzeit
5. Verkehrsmittel
6. etwas mitbringen
7. Aktivitäten
8. Kosten

Termin: Wann wollen wir den Ausflug machen?
Ort: Wo können wir ...

b **Welche Ideen haben Sie? Arbeiten Sie zu zweit. Notieren Sie Ideen zu den Fragen in a.**

Termin: Wann wollen wir den Ausflug machen?
am Wochenende, in der Woche
Ort: Wo können wir ...
in einem Restaurant, in ...

c **Wie kann man etwas vorschlagen? Und wie kann man reagieren? Sammeln Sie. Kontrollieren Sie mit der App.**

etwas vorschlagen	*reagieren* 👍	*reagieren* 👎
Ich habe einen Vorschlag: ...	*Einverstanden.*	*Ich möchte lieber ...*

d **Was möchten Sie machen? Arbeiten Sie mit einer anderen Partnerin / einem anderen Partner. Spielen Sie einen Dialog. Einigen Sie sich auf einen Plan für den Ausflug.**

e **Hat Ihnen die Vorbereitung geholfen? Warum (nicht)? Sprechen Sie im Kurs.**

Ja, es hilft mir, wenn ich weiß, wie ich reagieren kann.

5 Alles klar? Wollen Sie mehr üben?

a **Was hat Ihnen gefallen? Was war schwer? Was war leicht? Sprechen Sie im Kurs.**

b **Wiederholen Sie und üben Sie in der App. Wählen Sie A (leichte Übungen) oder B (schwere Übungen).**

20 Erinnerungen und Wünsche

1 ☐

2 ☐

3 ☐

4 ☐

5 ☐

6 ☐

A Weißt du noch?

1 Das war lustig.

a Erinnern Sie sich? Was ist passiert? Sprechen Sie im Kurs.

Bild 5: Das war die Geschichte mit der Zeitung.

Stimmt, ich erinnere mich. Und Bild 1, das war …

2.44 **b Über welche zwei Geschichten sprechen Nino Arabuli und Herr Klauke? Welche Fotos passen? Hören Sie. Kreuzen Sie oben an.**

2.44 **c Arbeiten Sie in zwei Gruppen (A und B). Hören Sie noch einmal. Welche Ausdrücke passen zu Geschichte 1 (A) und welche zu Geschichte 2 (B)? Unterstreichen Sie.**

neue Möbel bekommen • zu spät sein • ins Büro stellen • einen Termin haben • streiten • im Stau stehen • helfen • recht haben • Pause machen • ein Brötchen essen • Kaffee trinken • schnell fahren • lachen • sauber machen

Lernziele: über die Vergangenheit sprechen • eine Geschichte erzählen • Wiederholung: Perfekt, Präteritum

d **Arbeiten Sie in Gruppen. Schreiben Sie die Perfekt-Formen zu den Verben in c auf Zettel.**

bekommen
sie/er hat
bekommen

2.45

e **Phonetik: Wortakzent bei Partizipien. Hören Sie. Sprechen Sie nach.**

1. gekommen – gegessen – gestanden – gelacht
2. bekommen – vergessen – verstanden
3. angekommen – mitgekommen – weggefahren
4. repariert – passiert – telefoniert

f **Machen Sie ein Plakat im Kurs. Ordnen Sie Ihre Zettel aus d. Ergänzen Sie auch die Modalverben.**

Perfekt mit *sein*	**Perfekt mit *haben***	**Präteritum: *sein* + *haben***	**Präteritum: Modalverben**
sie/er ist …	*sie/er hat …*	*sie/er …*	*sie/er wollte, …*
	bekommen *sie/er hat* *bekommen*		

g **Kurskette: Was ist passiert? Arbeiten Sie in Gruppen. Erzählen Sie eine Geschichte nach. Das Plakat hilft.**

Das Nachbarschaftshaus hat neue Stühle bekommen.

Herr Klauke wollte …

2 Herr Klauke war immer am lustigsten.

a **Wie haben Ihnen die Videos gefallen? Wie waren die Personen in den Videos? Sprechen Sie im Kurs.**

lustig • komisch • ernst • toll • aufregend • langweilig • interessant • unhöflich • blöd • sympathisch • faul • streng

Mir hat das Video in Kapitel … sehr gut gefallen. Das war die Geschichte mit …

Ja, das war ein Video mit Herrn Klauke. Er war immer sehr lustig.

3 So war das.

a **Wählen Sie eine Aufgabe (A oder B). Lesen Sie die Fragen. Schreiben Sie.**

Eine Geschichte **aus dem Kurs** **A**	Eine Geschichte **aus meinem Leben** **B**
1. Was ist passiert?	3. Mit wem haben Sie das erlebt?
2. Wo und wann war das?	4. Haben Sie etwas gelernt? Wenn ja, was?

b **Erzählen Sie Ihre Geschichte. Die anderen fragen.**

Das ist eine interessante Geschichte! Wie alt warst du da?

B Wer war oder ist wichtig für Sie?

1 Mein Opa war immer für mich da.

a **Welche Person war oder ist am wichtigsten? Warum? Arbeiten Sie zu viert. Wählen Sie einen Text (A, B, C oder D). Die anderen wählen einen anderen Text. Lesen Sie. Machen Sie Notizen in der Tabelle.**

A

Es gab in meinem Leben ein paar Menschen, die wichtig für mich waren, zum Beispiel meine Eltern und meine Geschwister. Aber am wichtigsten war mein Opa. Meine Eltern hatten wenig Zeit, weil sie viel arbeiten mussten. Deshalb bin ich nach der Schule immer zu ihm gegangen. Mein Opa war die Person, die immer Zeit für mich hatte. Er war immer für mich da und hat mir immer zugehört, wenn ich traurig war. Wir haben zusammen geweint, aber auch viel gelacht. *Bahira (32)*

B

Meine Eltern sind früh gestorben und ich habe auch keine Geschwister. Deshalb war ich früher oft einsam. Als Schüler hatte ich Probleme in der Schule. Ich habe nicht gewusst, wie man richtig lernt und was ich werden will. Meine Noten waren schlecht. Ich hatte aber einen Lehrer, der mir immer geholfen hat – das war Herr Ludwig. Er hat immer wieder mit mir geredet, hat mir Nachhilfe gegeben und mir Bücher geschenkt. Und weil er so nett war, habe ich diese Bücher gelesen. So habe ich viel gelernt. Nach der Schule habe ich dann ein Studium angefangen. Ich habe Herrn Ludwig auch in dieser Zeit noch oft besucht – er war lange sehr wichtig für mich. *Ervin (41)*

C

Hildburghausen, 6. Juni

Liebe Maike,
es gibt etwas, das ich dir nie erzählt habe. Ich möchte dir schon lange sagen, dass du vor fast 10 Jahren ein sehr wichtiger Mensch für mich warst, vielleicht am wichtigsten von allen. Ich bin damals nach Deutschland gekommen und ich habe niemanden gekannt. Meine Eltern und Freunde waren weit weg und alles war neu für mich. Dann habe ich Arbeit gefunden, aber mein Deutsch war noch nicht so gut und ich hatte wenig Kontakt zu den anderen Kolleginnen und Kollegen. Du warst der Mensch, der mir alles erklärt hat. Du hast mir nach der Arbeit die Stadt gezeigt und mich deinen Freunden vorgestellt. Ich habe mich zum ersten Mal willkommen gefühlt. Dafür bin ich sehr dankbar.
Dein Malik

D

Heute war ich wieder bei meiner Schwester Dana. Es gibt nur eine Person, die mich immer versteht – und das ist sie. Deshalb ist sie von allen Menschen am wichtigsten für mich. Wir sind Zwillinge. Schon als Kinder waren wir immer zusammen und auch heute wohnt sie in der Nähe. Wir telefonieren jeden Tag und treffen uns sehr oft. Dann sprechen wir über die Arbeit, über die Familie und über viele andere Dinge. Manchmal sagt mein Mann: „Ich glaube, du bist mit deiner Schwester verheiratet." Aber ich weiß, er versteht mich. *Ava (35)*

Lernziele: über wichtige Personen sprechen und schreiben • Wiederholung: Relativsätze im Nominativ und Akkusativ

Person	Warum wichtig?
Opa	– hatte immer Zeit für mich

b **Was haben die anderen gelesen? Sprechen Sie zu viert. Ergänzen Sie die Tabelle in a.**

c **Welche Geschichte gefällt Ihnen am besten? Sprechen Sie im Kurs.**

Ich finde Text A schön. Ich habe meinen Opa leider nicht gekannt, aber meine Oma war sehr wichtig für mich.

d **Was passt? Lesen Sie noch einmal in a. Verbinden Sie.**

1. Mein Opa war die Person,
2. Ich hatte einen Lehrer,
3. Du warst der Mensch,
4. Es gibt nur einen Menschen,

a der mir immer geholfen hat.
b die immer Zeit für mich hatte.
c der mich immer versteht.
d der mir alles erklärt hat.

e **Gibt es eine Person, die wichtig für Sie ist? Warum? Schreiben Sie zwei Sätze auf Zettel.**

Ich habe eine Freundin, die mir oft geholfen hat.
Sie hat immer ...

Mein Cousin ist wichtig für mich.
Er ist ein Mensch, der ...

f **Arbeiten Sie im Kurs. Mischen Sie die Zettel aus d. Nehmen Sie einen Zettel. Lesen Sie ihn vor. Wer hat den Zettel geschrieben? Raten Sie.**

Ich habe eine Freundin, die mir oft geholfen hat. Ich glaube, dass Mario das geschrieben hat.

Ja, stimmt. Das war ich. Die Freundin heißt ... Sie ...

2 Dieser Mensch ist wichtig für mich.

a **Wählen Sie eine Aufgabe (A oder B). Schreiben Sie. Die App hilft.**

A Schreiben Sie **einen Text** über eine Person, die sehr wichtig für Sie war/ist.

B Schreiben Sie **eine Nachricht** an eine Person, die sehr wichtig für Sie war/ist.

b **Arbeiten Sie in Gruppen. Lesen Sie Ihren Text vor. Die anderen fragen.**

So einen guten Freund habe ich auch. Hast du immer noch Kontakt zu ihm?

C In der Zukunft will ich ...

1 Ich gehe jetzt in Rente.

a Was bedeutet *in Rente gehen*? Sprechen Sie im Kurs.

Ich glaube, *in Rente gehen* bedeutet, dass man ...

Ja, als Rentnerin oder Rentner muss man nicht ...

30

b Was will Herr Klauke machen, wenn er in Rente ist? Sehen Sie das Video. Kreuzen Sie an.

1 ☐

2 ☐

3 ☐

30

c Aaron, Nala oder Nino? Wer fragt was? Sehen Sie das Video noch einmal. Ergänzen Sie.

1. ______________ fragt, was Herr Klauke in der Freizeit machen will.
2. ______________ fragt, ob Herr Klauke Sport treiben möchte.
3. ______________ fragt, was Herr Klauke nach der Fahrradtour machen möchte.
4. ______________ fragt, ob Herr Klauke anderen helfen möchte.

2 Ich weiß noch nicht, ob es klappt.

a Was passt? Ordnen Sie zu.

Ich möchte unbedingt ... • Mein Ziel/Plan/Traum ist, dass ich ... • Vielleicht ... ich dann auch ... • Ich weiß noch nicht, ob ... • In der Zukunft will ich auf jeden Fall ... • Ich habe keine Ahnung, ob ... • Ich träume von einem ... / einer ... • Für mich ist klar, dass ich ...

in Rente gehen

der/die Rentner/-in

der Plan, (etwas) planen

die Zukunft

das Ziel

Lernziele: über Pläne sprechen • Sicherheit und Unsicherheit ausdrücken und reagieren

über Pläne sprechen

sicher sein	unsicher sein
______________	______________
______________	______________
______________	______________
______________	______________

b **Was möchten Sie machen? Sind Sie sicher oder unsicher? Arbeiten Sie in Gruppen. Sprechen Sie.**

eine Ausbildung machen • reisen • selbstständig sein • studieren • in Deutschland arbeiten • die Familie besuchen • ein Auto kaufen • eine eigene Wohnung haben • ...

- Ich möchte auf jeden Fall studieren.
- Ich weiß noch nicht, ob ich studieren möchte. Ich ...

c **Ist die Reaktion eher positiv ☺ oder unsicher ☹? Ordnen Sie zu.**

reagieren

______________	______________
Das wird sicher nicht leicht, aber du schaffst das.	Das wird sicher nicht leicht.
Das ist / Du bist wirklich mutig!	Das stelle ich mir schwer vor.
Du machst das schon!	Ist das wirklich eine gute Idee?
Das ist wirklich eine gute Idee.	Hast du gut darüber nachgedacht?
	Glaubst du, das klappt?

3 Das sind meine Pläne.

a **Was sind Ihre Pläne nach dem Kurs oder nach der Prüfung A2/B1? Was möchten Sie machen? Warum? Schreiben Sie drei bis fünf Sätze. Die Redemittel aus 2a helfen.**

Ausbildung/Studium • Familie • Auto • Arbeit/Karriere • Hobby • Sport • Geld • Reisen • Wohnung

In einem Jahr möchte ich eine Ausbildung zum ... anfangen.
Ich möchte unbedingt mit meiner Familie ...

b **Kursspaziergang. Was sind Ihre Pläne? Gehen Sie durch den Kursraum. Sprechen Sie. Die Redemittel aus 2c helfen.**

- In einem Jahr möchte ich eine Ausbildung zum KFZ-Mechaniker anfangen.
- Schön! Das wird sicher nicht leicht, aber du schaffst das schon!

das Studium

(etwas) schaffen

reisen

ehrenamtlich arbeiten

träumen (von)

D Können Sie es noch?

1 Das haben wir gelernt.

Spielen Sie zu viert.

Würfeln Sie und bewegen Sie Ihre Figur. Machen Sie die Aufgabe.
Richtig? Sie dürfen stehenbleiben.
Falsch? Gehen Sie zurück.

START Warum lernen Sie Deutsch? Antworten Sie mit *weil*.	Was haben Sie heute gemacht? Antworten Sie in drei Sätzen.	Was mussten Sie als Kind? Was durften Sie nicht? Antworten Sie in zwei Sätzen.	Was machen Sie gern in der Freizeit? Wo? Antworten Sie in drei Sätzen.
Wenn man Angst hat, dann ist man …	Sie möchten im Restaurant bezahlen. Was sagen Sie?	Was bedeuten die Abkürzungen: *EBK, NK, qm?*	Wohin kommt was? Ergänzen Sie. *Die Zeitung liegt … Tisch. Kannst du sie bitte … Tasche stecken?*
Was denken Sie? Antworten Sie. *Was finden Sie bei der Arbeit wichtig?* *Für mich ist wichtig, dass …*	Was ist das Gegenteil von *der Arbeitgeber* und *brutto*?	Was machen Sie, wenn es regnet? *Wenn …*	Fragen Sie indirekt: *Wie teuer ist das Buch?* *Ich möchte gern wissen, …*
Wie fühlen Sie sich? Antworten Sie in einem ganzen Satz. *Ich …*	Geben Sie einen Tipp mit *sollte-*. *Ich bin immer müde!* *Du …*	 Gefällt Ihnen der blaue Schrank? *Ich finde …*	Fragen Sie indirekt: *Darf man hier grillen?* *Können Sie mir sagen, …?*

2 Buchstaben-Spiel

a **Schreiben Sie Ihren Namen auf eine Karte wie im Beispiel rechts. Mischen Sie alle Karten.**

b **Ziehen Sie eine Karte. Schreiben Sie zu jedem Buchstaben ein Wort, das zu der Person passt. Sie können Nomen, Verben und Adjektive benutzen.**

c **Hängen Sie alle Karten im Kursraum auf. Warum haben Sie diese Wörter gewählt? Sprechen Sie im Kurs.**

Ich habe … geschrieben, weil …

Lernziele: Wiederholung von wichtigen Themen und Strukturen

Nennen Sie drei Medien.	Wie nennt man einen lustigen Film? Antworten Sie. Das ist eine ...	Nennen Sie fünf Schulfächer.	**ZIEL** Was möchten Sie in der Zukunft noch lernen?
Welche Adjektive sind das? *nicht viel Geld ausgeben = ...* *viel arbeiten = ...*	Aus welchem Material sind Bücher? Und Flaschen?	Ergänzen Sie den Satz. *Ich möchte abnehmen, deshalb ...*	Ergänzen Sie den Satz. *Ich habe wenig/viel Freizeit, trotzdem ...*
Reparieren Sie Ihr Fahrrad selbst oder lassen Sie es reparieren?	Wie schnell ist man mit einem Fahrrad, Motorrad und Auto? *Mit dem Auto ist man schnell, aber ...*	Entschuldigen Sie sich höflich.	Wann bezahlen Sie bar, wann mit Karte? *Ich bezahle mit Karte, wenn ...*
Was ist Ihr Lieblingsort? Was gibt es dort? Was machen Sie dort? Antworten Sie in drei Sätzen.	Was macht man an der Gepäckausgabe und an der Passkontrolle?	Wofür interessieren Sie sich?	Nennen Sie drei Verben, die das Perfekt mit *sein* bilden.

3 Alles klar? Wollen Sie mehr üben?

a **Was hat Ihnen gefallen? Was war schwer? Was war leicht? Sprechen Sie im Kurs.**

b **Wiederholen Sie und üben Sie in der App. Wählen Sie A (leichte Übungen) oder B (schwere Übungen).**

TREFFPUNKT

Unsere Tipps:

Sehenswürdigkeiten in Deutschland

Was kann man in Deutschland besichtigen? Sechs Sehenswürdigkeiten stellen sich vor.

A

B

1 Darf ich mich vorstellen? **Schloss Mannheim** ist mein Name. Ich stehe in – na klar, in Mannheim. Man hat mich 1760 fertig gebaut. Heute habe ich zwei Berufe: Ich bin ein Museum und eine Universität. Ich bin sehr neugierig und ich mag die jungen Menschen, die hier jeden Tag Sprachen, Wirtschaft oder Politik studieren.

2 Ich bin die **Elbphilharmonie**. Man nennt mich auch Elphi. Ich bin sehr jung: Ich stehe seit 2016 in Hamburg – an der Elbe (das ist ein Fluss). Von Beruf bin ich ein Konzerthaus. 2.100 Besucher*innen haben in meinem großen Saal Platz. Ich liebe die Musik aus aller Welt, die man hier fast jeden Tag spielt!

3 Ich bin sehr alt. 1272 hat man mich gebaut und seit 1699 sehe ich so aus wie heute. Wenn man mich überquert, geht man über den Fluss Rhein – von Bad Säckingen in Deutschland in die Schweiz. Wer ich bin? Richtig: eine Brücke. Ich bin die **Holzbrücke Bad Säckingen**. Ich mag es, dass Menschen mich jeden Tag überqueren.

1 Sehenswürdigkeiten in Deutschland

2.46

a Welches Foto passt? Hören Sie und lesen Sie. Ordnen Sie zu.

b Wählen Sie eine Sehenswürdigkeit. Lesen Sie noch einmal. Ergänzen Sie.

Name: ______________________

Ort: ______________________

Alter: ______________ Beruf: ______________

Ich mag: ______________________

C

D

E

F

4 Wenn ihr mich besuchen wollt, müsst ihr nach Sachsen-Anhalt fahren, nach Quedlinburg. Diese Stadt existiert seit 994. Ich bin ihr Zentrum: die **Altstadt von Quedlinburg**. Es gibt mehr als 1.500 alte Häuser und natürlich auch Plätze, Kirchen und viele Geschäfte. Ich habe in meinem langen Leben schon viel gesehen! Das finde ich toll!

5 Ich bin im Zentrum von der Hauptstadt von Bayern und ich bin von Beruf ein Platz. Ich bin der **Marienplatz** und es gibt mich seit 1158. Hier treffen sich die Münchner und die Touristen, weil es hier schöne Geschäfte und Cafés gibt. Auch das Rathaus steht hier. Es hat einen berühmten Balkon: Hier feiert der FC Bayern seine Erfolge. Ich mag die Feste!

6 Willkommen, welcome, bienvenue! Ich stehe im Zentrum von der Hauptstadt von Deutschland und ich bin ein Foto-Star. Ja, ich bin das **Brandenburger Tor**. Man hat mich zwischen 1788 und 1791 gebaut. Von Beruf bin ich ein Denkmal. Ich sehe jeden Tag Touristen aus der ganzen Welt. Ich mag, dass sie immer so viele Selfies mit mir machen!

c **Was haben Sie erfahren? Arbeiten Sie in Gruppen. Präsentieren Sie Ihre Sehenswürdigkeit.**

Ich möchte euch ... vorstellen.

d **Projekt. Wählen Sie eine Sehenswürdigkeit in Deutschland oder in einem anderen Land. Schreiben Sie einen Text wie oben. Suchen Sie ein Foto im Internet.**

e **Kursspaziergang. Präsentieren Sie Ihre Sehenswürdigkeit.**

f **Welche Sehenswürdigkeit gefällt Ihnen? Sprechen Sie im Kurs.**

Grammatik im Überblick

Wörter

1 Verben im Präsens

1.1 Regelmäßige Verben

	kommen	**heißen**	**arbeiten**	**sammeln**
ich	komm**e**	heiße	arbeite	samm**le**
du	komm**st**	heiß**t**	arbeit**e**st	sammelst
er/es/sie	komm**t**	heißt	arbeit**e**t	sammelt
wir	komm**en**	heißen	arbeiten	sammeln
ihr	komm**t**	heißt	arbeit**e**t	sammelt
sie/Sie	komm**en**	heißen	arbeiten	sammeln

▶ A1; A2: Kapitel 3

1.2 Verben mit Vokalwechsel

	a → ä	*e → ie*	*e → i*	*au → äu*
	fahren	**sehen**	**sprechen**	**laufen**
ich	fahre	sehe	spreche	laufe
du	f**ä**hrst	s**ie**hst	spr**i**chst	l**äu**fst
er/es/sie	f**ä**hrt	s**ie**ht	spr**i**cht	l**äu**ft
wir	fahren	sehen	sprechen	laufen
ihr	fahrt	seht	sprecht	lauft
sie/Sie	fahren	sehen	sprechen	laufen

auch:
a → ä: schlafen (du schläfst), tragen (du trägst), einladen (du lädst ein), gefallen (es gefällt), lassen (du lässt), ...
e → ie: lesen (du liest), empfehlen (du empfiehlst), aussehen (du siehst aus), ...
e → i: treffen (du triffst), essen (du isst), helfen (du hilfst), nehmen (du nimmst), geben (du gibst), gelten (es gilt), ...

▶ A1; A2: Kapitel 16

1.3 Unregelmäßige Verben

	haben	**sein**	**mögen**	**möchte-**	**wissen**	**werden**
ich	habe	**bin**	**mag**	möchte	**weiß**	werde
du	**hast**	**bist**	**magst**	möchtest	**weißt**	**wirst**
er/es/sie	**hat**	**ist**	**mag**	möchte	**weiß**	**wird**
wir	haben	**sind**	mögen	möchten	wissen	werden
ihr	habt	**seid**	mögt	möchtet	wisst	werdet
sie/Sie	haben	**sind**	mögen	möchten	wissen	werden

▶ A1; A2: Kapitel 7, 14

1.4 Trennbare Verben

auf|machen er macht ... auf

		Position 2		Satzende
	Karim	macht	die Tür	auf.
W-Frage:	Wann	kaufst	du	ein?
Ja-/Nein-Frage:		Kaufst	du gern	ein?
Perfekt:	Karim	hat	Martina	angerufen.
Imperativ:		Ruf	bitte Martina	an!

auch: zu|machen, an|machen, aus|machen, an|ziehen, aus|ziehen, auf|räumen, vor|bereiten, ...

► A1

1.5 Modalverben

	können	müssen	dürfen	wollen	sollen
ich	**kann**	**muss**	**darf**	**will**	**soll**
du	**kannst**	**musst**	**darfst**	**willst**	**sollst**
er/es/sie	**kann**	**muss**	**darf**	**will**	**soll**
wir	können	müssen	dürfen	wollen	sollen
ihr	könnt	müsst	dürft	wollt	sollt
sie/Sie	können	müssen	dürfen	wollen	sollen

	Position 2 Modalverb		Satzende Infinitiv	
Felix	kann	Musik	organisieren.	= *Das ist möglich.*
Ana	kann	gut Deutsch	sprechen.	= *Sie hat es gelernt.*
Ich	muss	heute	arbeiten.	= *Es ist notwendig.*
Man	darf	im Bahnhof (nicht)	rauchen.	= *Es ist verboten/erlaubt.*
Sie	will	ein Kleid	nähen.	= *Sie möchte etwas sehr.*
Ingo	soll	zu Hause	bleiben.	= *Jemand hat es gesagt.*

► A1

1.6 Imperativ

Imperativ mit *Sie*

Sie schlafen viel. → Schlafen Sie viel!

Schlafen	Sie	viel!	
Atmen	Sie	tief	**ein**!

Imperativ mit *du, ihr*

~~Du~~ gehst zum Bäcker. → Geh zum Bäcker!

Geh	bitte zum Bäcker!	
Bring	ein paar Getränke	**mit**!
❗ **Fahr**	zum Supermarkt!	
Hab	Spaß!	
Sei	so nett!	

~~Ihr~~ geht zum Bäcker. → Geht zum Bäcker!

Geht	bitte zum Bäcker!	
Bringt	ein paar Getränke	**mit**!
Fahrt	zum Supermarkt!	
Habt	Spaß!	
Seid	so nett!	

► A1

2.1 Präteritum

	sein	haben	wollen	können	müssen
ich	**war**	hat**te**	woll**te**	konn**te**	muss**te**
du	**warst**	hat**test**	woll**test**	konn**test**	muss**test**
er/es/sie	**war**	hat**te**	woll**te**	konn**te**	muss**te**
wir	**waren**	hat**ten**	woll**ten**	konn**ten**	muss**ten**
ihr	**wart**	hat**tet**	woll**tet**	konn**tet**	muss**tet**
sie/Sie	**waren**	hat**ten**	woll**ten**	konn**ten**	muss**ten**
			auch: sollen		*auch:* dürfen

▶ A1; A2: Kapitel 2

2.2 Perfekt

Perfekt mit *haben*

	Position 2 ***haben***		Satzende **Partizip II**
Sie	haben	zuerst Freunde	gefragt.
Karim	hat	Anzeigen im Internet	gelesen.
Sie	haben	dann eine Wohnung	gefunden.

Die meisten Verben bilden das Perfekt mit *haben*.

Perfekt mit *sein*

	Position 2 ***sein***		Satzende **Partizip II**
Karim	ist	zehn Jahre zur Schule	gegangen.
Er	ist	nach Deutschland	gekommen.
Er	ist	nicht in Passau	geblieben.

Verben mit Bewegung (z. B. *gehen, kommen*) und die Verben *bleiben, werden* und *passieren* bilden das Perfekt mit *sein*.

Partizip II

regelmäßig		**unregelmäßig**	
ge...(e)t	*...ge...(e)t*	*ge...en*	*...ge...en*
sie/er hat **ge**mach**t**	sie/er hat auf**ge**hör**t**	sie/er hat **ge**gess**en**	sie/er hat an**ge**ruf**en**
sie/er hat **ge**arbeit**et**	sie/er hat ab**ge**hol**t**	sie/er ist **ge**blieb**en**	sie/er ist mit**ge**gang**en**
Verben auf *-ieren*	**Verben mit *be-*, *er-*, *ver-***		
...t	*...t*	*...en*	
es ist passier**t**	sie/er hat begrüß**t**	sie/er hat bekomm**en**	
sie/er hat organisier**t**	sie/er hat erklär**t**	sie/er hat erhalt**en**	
	sie/er hat verkauf**t**	sie/er hat verstand**en**	

! kennen – gekannt, wissen – gewusst, (mit)bringen – mitgebracht

Alle unregelmäßigen Formen finden Sie in der Liste am Ende vom Grammatik-Anhang.

▶ A1; A2: Kapitel 1

3 Verben mit Ergänzungen

3.1 Verben mit Akkusativ

Brauchst du einen Tisch?
Nein, ich **habe** einen Tisch. Aber ich **kaufe** ein Bett.
auch: anrufen, besuchen, möchte-, nehmen, es gibt, kennen, ...

▶ A1

3.2 Verben mit Dativ

Das Kleid **passt** dir nicht. Es ist zu groß. Aber die Bluse **steht** dir gut!
Ja, die Bluse **gefällt** mir auch.
auch: antworten, helfen, gehören, schmecken, ...

▶ A1

3.3 Verben mit Dativ und Akkusativ

Nino Arabuli **zeigt** ihrem Mann die Anzeige.
Das Geschäft **gibt** ihnen einen Kredit.
auch: leihen, schenken, schicken, kaufen, ...

▶ A2: Kapitel 18

3.4 Verben mit Präpositionen

Akkusativ

Worauf wartest du?
Ich warte **auf** den Bus.
auch: sich vorbereiten auf, sich freuen über, (sich) informieren über, sprechen über, sich interessieren für, ...

Dativ

Wonach hat er gefragt?
Er hat **nach** dem Weg gefragt.
auch: träumen von, ...

▶ A2: Kapitel 12

3.5 Reflexive Verben

ich	freue **mich**
du	freust **dich**
er/es/sie	freut **sich**
wir	freuen **uns**
ihr	freut **euch**
sie/Sie	freuen **sich**

auch: sich beeilen, sich entspannen, sich (gut/schlecht) fühlen, sich verabreden, ...

▶ A2: Kapitel 8

4.1 Artikelwörter

	maskulin	**neutral**	**feminin**	**Plural**
definit	**der** Tisch	**das** Heft	**die** Tasche	**die** Stifte
indefinit	**ein** Tisch	**ein** Heft	**eine** Tasche	– Stifte
kein	**kein** Tisch	**kein** Heft	**keine** Tasche	**keine** Stifte
Possessivartikel	**mein** Tisch	**mein** Heft	**meine** Tasche	**meine** Stifte

▶ A1

4.2 Singular und Plural

Singular *(ein/eine)*	**Plural** *(zwei und mehr)*	**Singular** *(ein/eine)*	**Plural** *(zwei und mehr)*
der Stift	**die** Stift**e**	die Brille	**die** Brille**n**
der Stuhl	**die** St**ü**hl**e**	die Tür	**die** Tür**en**
das Bild	**die** Bild**er**	das Handy	**die** Handy**s**
das Buch	**die** B**ü**ch**er**	die Ärztin	**die** Ärztin**nen**
der Computer	**die** Computer		

▶ A1

4.3 Nominativ, Akkusativ, Dativ

Nominativ	**maskulin**	**neutral**	**feminin**	**Plural**
definit	**der** Tisch	**das** Heft	**die** Tasche	**die** Stifte
indefinit	**ein** Tisch	**ein** Heft	**eine** Tasche	– Stifte
kein	**kein** Tisch	**kein** Heft	**keine** Tasche	**keine** Stifte

Akkusativ	**maskulin**	**neutral**	**feminin**	**Plural**
definit	**den** Tisch	**das** Heft	**die** Tasche	**die** Stifte
indefinit	**einen** Tisch	**ein** Heft	**eine** Tasche	– Stifte
kein	**keinen** Tisch	**kein** Heft	**keine** Tasche	**keine** Stifte

Dativ	**maskulin**	**neutral**	**feminin**	**Plural**
definit	**dem** Tisch	**dem** Heft	**der** Tasche	**den** Stifte**n**
indefinit	**einem** Tisch	**einem** Heft	**einer** Tasche	– Stifte**n**
kein	**keinem** Tisch	**keinem** Heft	**keiner** Tasche	**keinen** Stifte**n**

▶ A1

4.4 Possessivartikel

Nominativ	**maskulin**	**neutral**	**feminin**	**Plural**
ich	**mein** Vater	**mein** Kind	**meine** Mutter	**meine** Eltern
du	**dein** Vater	**dein** Kind	**deine** Mutter	**deine** Eltern
er/es	**sein** Vater	**sein** Kind	**seine** Mutter	**seine** Eltern
sie	**ihr** Vater	**ihr** Kind	**ihre** Mutter	**ihre** Eltern
wir	**unser** Vater	**unser** Kind	**unsere** Mutter	**unsere** Eltern
ihr	**euer** Vater	**euer** Kind	**eure** Mutter	**eure** Eltern
sie/Sie	**ihr/Ihr** Vater	**ihr/Ihr** Kind	**ihre/Ihre** Mutter	**ihre/Ihre** Eltern

Akkusativ	**meinen** Vater	**mein** Kind	**meine** Mutter	**meine** Eltern
Dativ	**meinem** Vater	**meinem** Kind	**meiner** Mutter	**meinen** Eltern

▶ A1

4.5 Null-Artikel

Ich trinke gern – Wasser. Ich esse gern – Fisch.

▶ A1

5 Adjektive

Nominativ	**maskulin**	**neutral**	**feminin**	**Plural**
definit	**der** große Topf	**das** neue Besteck	**die** kleine Vase	**die** weiß**en** Kerzen
indefinit	**ein** groß**er** Topf	**ein** neu**es** Besteck	**eine** kleine Vase	– weiß**e** Kerzen
kein	**kein** groß**er** Topf	**kein** neu**es** Besteck	**keine** kleine Vase	**keine** weiß**en** Kerzen
Null-Artikel	– groß**er** Topf	– neu**es** Besteck	– klein**e** Vase	– weiß**e** Kerzen

Akkusativ	**maskulin**	**neutral**	**feminin**	**Plural**
definit	**den** groß**en** Topf	**das** neue Besteck	**die** kleine Vase	**die** weiß**en** Kerzen
indefinit	**einen** groß**en** Topf	**ein** neu**es** Besteck	**eine** kleine Vase	– weiß**e** Kerzen
kein	**keinen** groß**en** Topf	**kein** neu**es** Besteck	**keine** kleine Vase	**keine** weiß**en** Kerzen
Null-Artikel	– groß**en** Topf	– neu**es** Besteck	– klein**e** Vase	– weiß**e** Kerzen

▶ A2: Kapitel 9, 11, 19

6 Pronomen

6.1 Personalpronomen

Nominativ	ich	du	er	es	sie	wir	ihr	sie	Sie
Akkusativ	mich	dich	ihn	es	sie	uns	euch	sie	Sie
Dativ	mir	dir	ihm	ihm	ihr	uns	euch	ihnen	Ihnen

▶ A1

6.2 Das Pronomen *man*

In Deutschland isst **man** sehr gern Obst. = *In Deutschland essen viele Personen sehr gern Obst.*

▶ A1

6.3 *Welcher? – Dieser. / Der.*

Nominativ

maskulin	**neutral**	**feminin**	**Plural**	
Welcher Mantel	**Welches** T-Shirt	**Welche** Hose	**Welche** Schuhe	gefällt/gefallen dir?
Dieser Mantel.	**Dieses** T-Shirt.	**Diese** Hose.	**Diese** Schuhe.	
Der in Blau.	**Das** in Grün.	**Die** in Rot.	**Die** in Braun.	

Akkusativ

maskulin	**neutral**	**feminin**	**Plural**	
Welchen Mantel	**Welches** T-Shirt	**Welche** Hose	**Welche** Schuhe	nimmst du?
Diesen Mantel.	**Dieses** T-Shirt.	**Diese** Hose.	**Diese** Schuhe.	
Den in Blau.	**Das** in Grün.	**Die** in Rot.	**Die** in Braun.	

▶ A1; A2: Kapitel 5

7.1 Lokale Präpositionen

Woher?	aus	Ich komme **aus** Berlin.	*Stadt, Ort*
		Ich komme **aus** Bulgarien.	*Land*
		❗ Ich komme **aus** dem Irak / **aus** der Türkei / **aus** den USA.	
Wo?	bei	Ich arbeite **bei** Aldi.	*Firma*
		Ich bin noch **beim** Arzt.	*Person*
	in	Ich wohne **in** München.	*Stadt, Ort*
		Ich wohne **in** Deutschland.	*Land*
		❗ Ich wohne **im** Irak / **in** der Türkei / **in** den USA.	
		Ich arbeite **in** der Apotheke.	*Gebäude*
		München liegt **im** Süden (von Deutschland).	*Himmelsrichtung*
	gegenüber von	Die Post ist **gegenüber von** der Bank.	*Gebäude*
		Ich warte **gegenüber vom** Bahnhof.	*Gebäude, Ort*
Wohin?	nach	Morgen fahre ich **nach** Leipzig.	*Stadt, Ort*
		Ich bin **nach** Österreich geflogen.	*Land*
	zu	Wann gehst du **zum** Arzt?	*Person*
		Ich muss noch **zur** Bank gehen.	*Gebäude*
		Wie komme ich **zum** Bahnhof?	*Gebäude, Ort*
Wie?	an ... vorbei	Ich fahre **an** der Bank **vorbei**.	*Gebäude*
		Ich gehe schnell **an** ihm **vorbei**.	*Person*
	durch	Ich fahre **durch** Berlin/Deutschland.	*Stadt, Land*
		Ich fahre **durch** das Zentrum.	*Ort*
	über	Ich fahre **über** die Brücke.	*Ort*
		Ich fahre **über** Hamburg.	*Stadt, Ort*

► A1; A2: Kapitel 10

7.2 Temporale Präpositionen

Wann?	an	Ich frühstücke **am** Morgen nicht.	*Tageszeit*
		❗ Ich schlafe **in** der Nacht.	
		Am Montag habe ich Deutschkurs.	*Wochentage*
		Ich habe **am** 8. Mai Geburtstag.	*Datum*
	um	Meine Arbeit fängt **um** acht Uhr an.	*Uhrzeit*
	in	**Im** Sommer besuche ich meine Familie.	*Jahreszeit*
		Ich habe **im** August Geburtstag.	*Monate*
	von ... bis	Ich habe **von** 9:30 Uhr **bis** 10 Uhr Pause.	
		Von Montag **bis** Mittwoch habe ich frei.	
	zwischen	Ich rufe dich **zwischen** acht und neun Uhr an.	
	ab	Das Geschäft hat **ab** 10 Uhr geöffnet.	
	seit	Ich mache **seit** elf Monaten den A2 Kurs.	
	vor	Ich habe **vor** einem Jahr den A1-Kurs gemacht.	
		Muss ich die Tabletten **vor** dem Essen nehmen?	
		Es ist zehn **vor** zwölf.	

nach	Nehmen Sie die Tabletten **nach** dem Essen.
	Es ist zehn **nach** zwölf.
in	Ich mache **in** einem Monat die B1-Prüfung.

► A1

7.3 Präpositionen mit Dativ

Ich gehe **aus** dem Haus.
Ich bin noch **beim** Arzt.
Ich fahre **mit** dem Fahrrad.
Ich jogge **nach** der Arbeit.
Seit einem Monat wohne ich hier.
Das ist das Auto **von** meiner Frau.
Ich gehe heute **zum** Arzt.

► A1; A2: Kapitel 14

7.4 Präpositionen mit Akkusativ

Ich suche ein Geschenk **für** meinen Sohn.
Ich fahre **um** die Ecke.
Ich fahre **durch** einen Tunnel.
Ich komme **ohne** meine Kinder.
Ich bin **gegen** einen Baum gefahren.

► A2: Kapitel 15

7.5 Wechselpräpositionen

Wo?

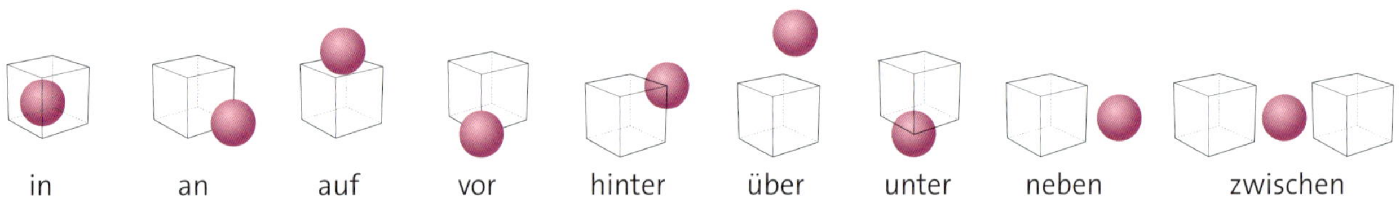

Die Lampe steht neben **dem** Tisch / **dem** Sofa / **der** Tür / **den** Stühlen.

Wohin?
Ich stelle die Lampe neben **den** Tisch / **das** Sofa / **die** Tür / **die** Stühle.

► A1; A2: Kapitel 4

7.6 Präpositionen *als, aus, für, mit, ohne, von*

als *(Nominativ)*	Karim arbeitet **als** Verkäufer.
aus *(Dativ)*	Der Tisch ist **aus** Holz.
für *(Akkusativ)*	Was ist wichtig **für** dich?
mit *(Dativ)*	Fährst du jeden Tag **mit** dem Bus?
	Ich mag Pizza **mit** Käse und Salami.
ohne *(Akkusativ)*	Ich trinke Kaffee immer **ohne** Milch.
von *(Dativ)*	Wie heißt die Mutter **von** Samira?

► A1; A2: Kapitel 9

8 Komparation

8.1 Komparativ und Superlativ

	Komparativ	Superlativ
schnell	schnell**er**	**am** schnell**sten**
jung	j**ü**ng**er**	**am** j**ü**ng**sten**
teuer	teu**rer**	**am** teuer**sten**

auch: älter – am ältesten; größer – am größten, länger – am längsten, kürzer – am kürzesten, ...

Meine Schwester ist größer **als** ich.

! Ich bin **genauso** groß **wie** mein Bruder.

▶ A2: Kapitel 17

8.2 *gern, gut, viel*

gern | lieber | am liebsten | gut | besser | am besten | viel | mehr | am meisten

▶ A1; A2: Kapitel 17

9 Wortbildung

9.1 Berufe: maskulin und feminin

Mann	Frau
der Lehrer	die Lehrer**in**
der Arzt	die **Ä**rzt**in**
der Hausmann	die Haus**frau**

▶ A1

9.2 Nomen + Nomen (Komposita)

der Milch**kaffee**   **das** Mittag**essen**   **die** Tomaten**suppe**

▶ A1; A2: Kapitel 12

9.3 Nomen auf *-ung* und *-er*

die Anmeld**ung**
die Ermäßig**ung**
die Prüf**ung**

der Miet**er**
der Bewohn**er**
der Hausmeist**er**
der Lichtschalt**er**

▶ A2: Kapitel 2, 14

9.4 Adjektive mit *un-*

freundlich – **un**freundlich
höflich – **un**höflich
ordentlich – **un**ordentlich

▶ A2: Kapitel 17

9.5 Datum (Ordinalzahlen)

Der Termin ist **am**	**ersten**/zwei**ten**/**dritten**/vier**ten**/.../**siebten**/**achten**/... zwanzig**sten**/dreißig**sten**/einunddreißig**sten**/... Juni.	*(1–19 + **-ten**)* *(20–... + **-sten**)*
Der Termin ist **am**	**ersten** Sechs**ten**.	
Heute ist **der**	**erste**/zwei**te**/... Mai. zwanzig**ste**/dreißig**ste**/... Mai.	*(1–19 + **-te**)* *(20–... + **-ste**)*
Heute ist **der**	**erste** Fünf**te**.	

▶ A1; A2: Kapitel 6

Sätze

1 Aussagesätze

1.1 Satzklammer

	Position 2		Satzende	
Karim	arbeitet	als Verkäufer.		
Er	ruft	Martina	an.	*trennbare Verben*
Er	kann	nicht	arbeiten.	*Modalverben*
Er	hat	gestern lange	gearbeitet.	*Perfekt*
Heute	hat	er frei.		

▶ A1

1.2 Höfliche Ratschläge

Sie	sollten	Sport	machen.
Du	solltest	mehr Wasser	trinken.

▶ A2: Kapitel 8

2 Fragesätze

2.1 W-Fragen

Wie	heißen	Sie?		Ich heiße Martina Schmittke.
Woher	kommen	Sie?		Ich komme aus Deutschland.
Wo	wohnen	Sie?		Ich wohne in Berlin.
Was	essen	Sie gern?		Ich esse gern Fisch und Reis.
Wen	rufen	Sie	an?	Ich rufe meinen Freund Peter an.
Wann	müssen	Sie	arbeiten?	Ich arbeite von 7 bis 18 Uhr.
Wohin	sind	Sie gestern	gefahren?	Ich bin nach Hause gefahren.

▶ A1

2.2 Ja-/Nein-Fragen

	Arbeitest	du heute?		Nein.
	Hast	du jetzt Zeit?		Ja.
	Kommst	du heute	mit?	Ja.
	Willst	du Tischtennis	spielen?	Nein.
	Hast	du gestern Felix	getroffen?	Ja.

▶ A1

2.3 Höfliche Fragen und Bitten

Könnten	Sie mir bitte	helfen?	Ja, gern.
Könntest	du das Wort	erklären?	Gern. Das bedeutet ...
Würden	Sie das bitte	wiederholen?	Ja. ...
Würdest	du mir das Buch	zeigen?	Tut mir leid, ich habe es nicht.

► A1

2.4 Indirekte Fragen

Ich weiß nicht,	**wie**	sie	heißt.	Sie heißt Martina Schmittke.
Ich möchte gerne wissen,	**woher**	sie	kommt.	Sie kommt aus Deutschland.
Können Sie mir sagen,	**wo**	sie	wohnt?	Sie wohnt in Berlin.
Weißt du,	**ob**	sie Zeit	hat?	Nein, leider nicht.
Kannst du mir sagen,	**ob**	du heute	kommst?	Ja, ich komme heute.
Ich möchte wissen,	**ob**	das erlaubt	ist.	Ja, das ist erlaubt.

► A2: Kapitel 7, 10

3 *Ja, nein, doch*

Feierst du heute? Bekommst du Geschenke? → Ja./Nein.
Feierst du heute **nicht**? Bekommst du **keine** Geschenke? → 👍 **Doch**. / 👎 Nein.

► A1

4 Verneinung im Satz

4.1 *kein*

Hier ist ein Tisch.

Hier ist **kein** Tisch.

► A1

4.2 *nicht*

- Wie geht es dir? – **Nicht** gut.
- Was machst du beruflich? – Ich arbeite **nicht**. Ich bin arbeitslos.
- Hast du gestern gearbeitet? – Nein, ich habe gestern **nicht** gearbeitet.

► A1

5 Sätze verbinden

5.1 *zuerst, dann, danach*

Position 1	Position 2	Position 3	
Sie	fahren	zuerst	mit der U2.
Zuerst	fahren	Sie	mit der U2.
Sie	fahren	dann	mit dem Bus.
Dann	fahren	Sie	mit dem Bus.
Sie	steigen	danach	um.
Danach	steigen	Sie	um.

► A1

5.2 *und, oder, aber, denn*

Hauptsatz 1				Hauptsatz 2		
	Position 2		**Position 0**		**Position 2**	
Das Wort	ist	sehr lang	**und**	es	ist	kompliziert.
Ich	suche	das Wort im Wörterbuch	**oder**	ich	frage	einen Freund.
Der Freund	erklärt	das Wort,	**aber**	ich	verstehe	es leider nicht.
Wir	brauchen	eine Kinderbetreuung,	**denn**	wir	müssen	arbeiten.

▶ A1

5.3 *deshalb, trotzdem*

	Position 1	**Position 2**	
Das Auto kommt von rechts,	**deshalb**	hat	es Vorfahrt.
Verena ist sehbehindert,	**trotzdem**	treibt	sie Sport.

▶ A2: Kapitel 15, 16

5.4 Nebensätze

Hauptsatz	**Nebensatz**		**Satzende**
Ich lerne Georgisch,	**weil**	ich nach Georgien	fahre.
Ich hoffe,	**dass**	ich es schnell	lerne.
Ich komme,	**wenn**	ich Zeit	habe.
Ich mache Sport,	**damit**	ich gesund	bleibe.

auch: **Wenn** ich Zeit habe, (dann) komme ich.

▶ A2: Kapitel 3, 5, 6, 16

5.5 Relativsätze

Nominativ

Ich habe einen Bruder, **der** in Berlin wohnt.
Ich kenne ein Rezept, **das** sehr einfach ist.
Ich habe eine Chefin, **die** immer unhöflich ist.
Es gibt Kunden, **die** oft anrufen.

Akkusativ

Ich habe einen Bruder, **den** ich sehr liebe.
Ich kenne ein Rezept, **das** du unbedingt probieren musst.
Ich habe eine Chefin, **die** viele nicht mögen.
Es gibt Kunden, **die** wir schon lange beraten.

▶ A2: Kapitel 13

Unregelmäßige Verben

Infinitiv	3. Person Sg. Präsens	3. Person Sg. Perfekt
ab|biegen	sie/er biegt ab	sie/er **ist** abgebogen
ab|fahren	sie/er fährt ab	sie/er **ist** abgefahren
ab|fliegen	sie/er fliegt ab	sie/er **ist** abgeflogen
ab|geben	sie/er gibt ab	sie/er hat abgegeben
ab|heben	sie/er hebt ab	sie/er hat abgehoben
ab|lesen	sie/er liest ab	sie/er hat abgelesen
ab|nehmen	sie/er nimmt ab	sie/er hat abgenommen
an|bieten	sie/er bietet an	sie/er hat angeboten
an|fangen	sie/er fängt an	sie/er hat angefangen
an|halten	sie/er hält an	sie/er hat angehalten
an|kommen	sie/er kommt an	sie/er **ist** angekommen
an|nehmen	sie/er nimmt an	sie/er hat angenommen
an|rufen	sie/er ruft an	sie/er hat angerufen
an|sehen	sie/er sieht an	sie/er hat angesehen
an|ziehen	sie/er zieht an	sie/er hat angezogen
auf|geben	sie/er gibt auf	sie/er hat aufgegeben
auf|stehen	sie/er steht auf	sie/er **ist** aufgestanden
aus|geben	sie/er gibt aus	sie/er hat ausgegeben
aus|schlafen	sie/er schläft aus	sie/er hat ausgeschlafen
aus|sehen	sie/er sieht aus	sie/er hat ausgesehen
aus|steigen	sie/er steigt aus	sie/er **ist** ausgestiegen
aus|ziehen	sie/er zieht aus	sie/er **ist** ausgezogen
beginnen	sie/er beginnt	sie/er hat begonnen
bekommen	sie/er bekommt	sie/er hat bekommen
beraten	sie/er berät	sie/er hat beraten
beschreiben	sie/er beschreibt	sie/er hat beschrieben
bestehen	sie/er besteht	sie/er hat bestanden
bitten	sie/er bittet	sie/er hat gebeten
bleiben	sie/er bleibt	sie/er **ist** geblieben
braten	sie/er brät	sie/er hat gebraten
brechen	sie/er bricht	sie/er hat gebrochen
bringen	sie/er bringt	sie/er hat gebracht
denken	sie/er denkt	sie/er hat gedacht
ein|geben	sie/er gibt ein	sie/er hat eingegeben
ein|laden	sie/er lädt ein	sie/er hat eingeladen
empfehlen	sie/er empfiehlt	sie/er hat empfohlen
essen	sie/er isst	sie/er hat gegessen
erhalten	sie/er erhält	sie/er hat erhalten
fallen	sie/er fällt	sie/er **ist** gefallen

fahren	sie/er fährt	sie/er **ist** gefahren
finden	sie/er findet	sie/er hat gefunden
fliegen	sie/er fliegt	sie/er **ist** geflogen
geben	sie/er gibt	sie/er hat gegeben
gefallen	es gefällt	es hat gefallen
gehen	sie/er geht	sie/er **ist** gegangen
gelten	sie/er gilt	sie/er hat gegolten
gewinnen	sie/er gewinnt	sie/er hat gewonnen
halten	sie/er hält	sie/er hat gehalten
heißen	sie/er heißt	sie/er hat geheißen
herunter|laden	sie/er lädt herunter	sie/er hat heruntergeladen
helfen	sie/er hilft	sie/er hat geholfen
hoch|kommen	sie/er kommt hoch	sie/er **ist** hochgekommen
kennen	sie/er kennt	sie/er hat gekannt
klingen	sie/er klingt	sie/er hat geklungen
kommen	sie/er kommt	sie/er **ist** gekommen
lassen	sie/er lässt	sie/er hat gelassen
lassen (Hilfsverb)	sie/er lässt	sie/er hat ... lassen
laufen	sie/er läuft	sie/er **ist** gelaufen
leid|tun	es tut leid	es hat leidgetan
leihen	sie/er leiht	sie/er hat geliehen
lesen	sie/er liest	sie/er hat gelesen
liegen	sie/er liegt	sie/er hat/**ist** gelegen
los|fahren	sie/er fährt los	sie/er **ist** losgefahren
lügen	sie/er lügt	sie/er hat gelogen
mit|bringen	sie/er bringt mit	sie/er hat mitgebracht
mit|geben	sie/er gibt mit	sie er hat mitgegeben
mit|kommen	sie/er kommt mit	sie/er **ist** mitgekommen
mit|nehmen	sie/er nimmt mit	sie/er hat mitgenommen
nach|denken	sie/er denkt nach	sie/er hat nachgedacht
nehmen	sie/er nimmt	sie/er hat genommen
riechen	sie/er riecht	sie/er hat gerochen
rufen	sie/er ruft	sie/er hat gerufen
scheinen	sie/er scheint	sie/er hat geschienen
schlafen	sie/er schläft	sie/er hat geschlafen
salzen	sie/er salzt	sie/er hat gesalzen
schließen	sie/er schließt	sie/er hat geschlossen
schneiden	sie/er schneidet	sie/er hat geschnitten
schreiben	sie/er schreibt	sie/er hat geschrieben
schwimmen	sie/er schwimmt	sie/er **ist** geschwommen
sehen	sie/er sieht	sie/er hat gesehen
singen	sie/er singt	sie/er hat gesungen

sitzen	sie/er sitzt	sie/er hat/**ist** gesessen
sitzen|bleiben	sie/er bleibt sitzen	sie/er **ist** sitzengeblieben
sprechen	sie/er spricht	sie/er hat gesprochen
statt|finden	sie/er findet statt	sie/er hat stattgefunden
stehen	sie/er steht	sie/er hat/**ist** gestanden
sterben	sie/er stirbt	sie/er **ist** gestorben
stoßen	sie/er stößt	sie/er hat gestoßen
tragen	sie/er trägt	sie/er hat getragen
treffen	sie/er trifft	sie/er hat getroffen
treiben	sie/er treibt	sie/er hat getrieben
trinken	sie/er trinkt	sie/er hat getrunken
tun	sie/er tut	sie/er hat getan
übernehmen	sie/er übernimmt	sie/er hat übernommen
überweisen	sie/er überweist	sie/er hat überwiesen
um|steigen	sie/er steigt um	sie/er **ist** umgestiegen
um|ziehen	sie/er zieht um	sie/er **ist** umgezogen
(sich) unterhalten	sie/er unterhält sich	sie/er hat sich unterhalten
unterschreiben	sie/er unterschreibt	sie/er hat unterschrieben
verbinden	sie/er verbindet	sie/er hat verbunden
verbringen	sie/er verbringt	sie/er hat verbracht
vergessen	sie/er vergisst	sie/er hat vergessen
verlassen	sie/er verlässt	sie/er hat verlassen
verlieren	sie/er verliert	sie/er hat verloren
vermeiden	sie/er vermeidet	sie/er hat vermieden
verstehen	sie/er versteht	sie/er hat verstanden
vor|schlagen	sie/er schlägt vor	sie/er hat vorgeschlagen
waschen	sie/er wäscht	sie/er hat gewaschen
weh|tun	es tut weh	es hat wehgetan
weiter|fahren	sie/er fährt weiter	sie/er **ist** weitergefahren
weiter|gehen	sie/er geht weiter	sie/er **ist** weitergegangen
werden	sie/er wird	sie/er **ist** geworden
werfen	sie/er wirft	sie/er hat geworfen
wissen	sie/er weiß	sie/er hat gewusst
ziehen	sie/er zieht	sie/er **ist** gezogen
zurück|geben	sie/er gibt zurück	sie/er hat zurückgegeben
zurück|gehen	sie/er geht zurück	sie/er **ist** zurückgegangen
zurück|fahren	sie/er fährt zurück	sie/er **ist** zurückgefahren
zurück|kommen	sie/er kommt zurück	sie/er **ist** zurückgekommen

Hörtexte

Hier finden Sie alle Hörtexte, die nicht oder nicht vollständig im Buch abgedruckt sind.

11 Information und Unterhaltung

A, 2b

- Frau Dr. Hilfinger, Sie sind Wissenschaftlerin und Ihr Thema sind Medien. Was haben Sie uns heute mitgebracht?
- Wir haben Menschen gefragt: Wie nutzen Sie die sozialen Medien. Hier habe ich eine Grafik dazu.
- Interessant, es gibt immer noch Menschen, die die sozialen Medien *nicht* nutzen?
- Ja, aber das sind nur sehr wenige.
- Ich sehe, die meisten Menschen schreiben Nachrichten.
- Ja, 55 % schreiben Nachrichten auf ihren Smartphones.
- Ich habe gedacht, die meisten posten Bilder oder Videos!
- Tja, das denkt man, aber das machen nur 34 %.
- Und nur 28 % posten eigene Texte.
- Ja, Bilder sind oft wichtiger. Aber 28 % sind immer noch viele!
- Wissen Sie auch, wie viel Zeit Menschen in den sozialen Medien verbringen?
- Ja. Was glauben Sie denn: Welches Land steht an erster Stelle?
- Hm, vielleicht Japan?
- Falsch, es ist Nigeria! Mit vier Stunden und sieben Minuten! In Japan sind es nur 51 Minuten am Tag.
- Das ist eine Überraschung für mich! Jetzt muss ich natürlich noch nach Deutschland fragen.
- In Deutschland verbringen die Menschen in den sozialen Medien auch nur eine Stunde und 29 Minuten.
- Das ist eigentlich nicht so viel. Das sind wirklich interessante Zahlen, vielen Dank für Ihren Besuch, Frau Dr. Hilfinger!

D, 2a + b

Es ist 9 Uhr. Hier sind die Kurznachrichten am Morgen. Bärenburg: Das neue Jugendzentrum am Marktplatz öffnet am Sonntag seine Türen. Die jungen Besucher und Besucherinnen können sich freuen: Es gibt ein gemütliches Café, eine große Bibliothek, einen Tischfußball und schnelle Computer für Videospiele. Und das ist nicht alles! Hinter dem Zentrum gibt es einen schönen Garten. Zur Eröffnung spricht der Bürgermeister. Danach gibt es Musik und Tanz mit DJ Rakete. Machnow: Am Freitag liest die bekannte Schauspielerin ...

12 In der Schule

A, 1b

eins

- Was hast du geschrieben?
- Also, ich ... Oh, die Pause ist zu Ende. Wir müssen gehen. Ich zeige es dir später.
- Okay.

zwei

- So, hört mal alle zu. Setzt euch jetzt bitte auf die Bank. Ich möchte euch etwas erklären. Also, nächste Woche ist unser Sportfest und ...

drei

- Habt ihr die Aufgabe verstanden? Ich finde sie super schwer.
- Ja, ich habe sie auch nicht verstanden. Wollen wir erst mal Ideen sammeln?
- Ja, das ist eine gute Idee.

vier

- So, wer hat eine Idee? Wie geht die Geschichte vielleicht weiter? Ja, Elsa?

B, 2a + b

- Guten Abend und herzlich willkommen zu unserem ersten Elternabend. Mein Name ist Devin Basar und ich bin der Klassenlehrer von der 6b. Heute Abend haben wir viele Themen. Zuerst möchte ich die neue Mathelehrerin, Frau Petruk, vorstellen. Sie hat für den Unterricht eine Bitte. Frau Petruk, möchten Sie sich kurz vorstellen?
- Danke, gerne. Ich bin seit 15 Jahren Lehrerin und ich unterrichte Mathematik und Physik. Meine Bitte an Sie: Die Kinder brauchen für den Mathematikunterricht einen Taschenrechner.
- Entschuldigung, welchen Taschenrechner müssen wir kaufen?
- Ich schicke Ihnen die Informationen. Bitte warten Sie auf den Brief und kaufen Sie erst dann den Taschenrechner. Der Taschenrechner ist leider nicht ganz billig, er kostet 80 Euro. Wenn Sie Hilfe brauchen, fragen Sie Herrn Basar, er kann Sie über finanzielle Hilfen informieren.
- Vielen Dank, Frau Petruk. Bitte schreiben Sie mir eine E-Mail, wenn Sie Hilfe brauchen. Die Schule hilft gern. So, jetzt habe ich noch ein paar Informationen zum Unterricht: Zuerst, ganz wichtig: Ich freue mich sehr über die Kinder in diesem Jahr. Sie sind sehr fleißig. Das ist gut, ich bin sehr zufrieden. Wenn Sie mehr über Ihr Kind wissen möchten, fragen Sie nach einem Termin. Dann können Sie mit der Lehrerin oder dem Lehrer über Ihr Kind und über seine Noten sprechen. Und wir machen in diesem Schuljahr – wahrscheinlich im Mai – unsere Klassenfahrt. Wir bereiten uns im Unterricht auf die Klassenfahrt vor. Sie bekommen bald alle Informationen in einem Elternbrief. Wir fahren auf einen Bauernhof ...

13 Selbstständig arbeiten

B, 1a

Guten Tag, ich heiße Jonas Döring und ich beginne hier heute meine Arbeit als Mechatroniker.

Hallo, Herr Döring, freut mich. Herr Scholz, unser Chef, hat schon gesagt, dass Sie heute kommen. Herzlich willkommen! Mein Name ist Sandra Alessi. Ich bin hier Verkäuferin. Kommen Sie, ich zeige Ihnen alles.

B, 1b

Kommen Sie, ich zeige Ihnen alles. So, wir starten im Verkaufsraum. Darf ich vorstellen? Das ist mein Kollege, Herr Müller. Und das ist unser neuer Mitarbeiter, Herr Döring.

Schön, Sie kennenzulernen.

Freut mich auch.

Gehen wir weiter. Hier in diesem Raum ist die Buchhaltung. Frau Strauch kommt heute etwas später.

Ah ... Und hier ist die Umkleide?

Richtig. Neben der Umkleide ist der Pausenraum.

Gibt es auch eine Kantine?

Nein, wir haben keine Kantine. Wir bringen meistens etwas mit und essen gemeinsam im Pausenraum.

Ach, das ist schön.

So, dann gehen wir über den Hof. Hier ist das Lager und hier die Werkstatt. In der Werkstatt arbeiten 12 Personen. Hallo, Leute, kommt mal her! Hier ist euer neuer Kollege: Jonas Döring.

Hallo, ich bin Tina. Willkommen im Team! Sagen wir „du"?

Ja, klar. Hallo, ich bin Jonas.

Und ich bin ...

14 Zusammen wohnen

A, 1c + d

eins

Ja, hallo?

Guten Tag. Entschuldigung, eine Frage. Ich möchte zu Ihrer Nachbarin, zu Frau Schmidt. Ich habe bei ihr geklingelt, aber sie öffnet nicht. Und wir haben jetzt einen Termin zur Fußpflege. Wissen Sie, ob Frau Schmidt zu Hause ist?

Oh, sorry, das weiß ich leider nicht. Aber die Klingel bei mir funktioniert schon seit zwei Tagen nicht. Vielleicht ist auch ihre Klingel kaputt? Haben Sie ihre Telefonnummer? Vielleicht können Sie sie anrufen?

Ach so, ja klar, ich rufe sie an. Danke.

zwei

Guten Tag, Frau Yaman. Haben Sie es schon gesehen!? Der Aufzug funktioniert nicht.

Hallo, Herr Burgic. Ist der Aufzug schon wieder kaputt!? Das kann doch nicht wahr sein! Dann muss ich vom Erdgeschoss fünf Stockwerke nach oben laufen. Wie soll ich das mit den Taschen machen?

Ja, das ist wirklich ärgerlich. Kann ich Ihnen vielleicht helfen?

Oh, na ja, wenn Sie Zeit haben ... Das ist sehr nett von Ihnen.

Kein Problem, geben Sie mir die beiden Taschen. Ich bringe sie schnell nach oben.

Oh, herzlichen Dank. Ich habe heute Kuchen gebacken. Vielleicht möchten Sie ein Stück?

B, 3a + b

Herr Pilat, Sie haben die Aktions-Gruppe „Schöner Hof" gegründet. Bitte erzählen Sie: Warum haben Sie das gemacht?

Ich wohne in einem großen Wohnhaus und wir haben einen Hof in der Mitte. Sehen Sie mal, hier ist ein Foto. Das sieht nicht schön aus. Der Hof ist hässlich.

Ja, das stimmt, der Hof sieht wirklich nicht schön aus. Was haben Sie gemacht?

Meine Nachbarin und ich hatten eine Idee. Wir wollten selbst aktiv werden und wir wollten den Hof schön machen, gemütlich, interessant – für Kinder, für alte Menschen, für alle. Wir wollten das gemeinsam mit den Nachbarn machen. Wir haben im Haus einen Zettel aufgehängt und die anderen informiert. Jetzt sind wir schon zehn Leute.

Und was wollen Sie im Hof machen?

Wir wollen einen Garten für alle machen. Einen kleinen Garten mit Tomaten, Kartoffeln und mit anderem Gemüse, vielleicht sogar mit einem Apfelbaum. Und natürlich mit vielen unterschiedlichen Blumen. Dann wird der Hof schön und bunt.

Ein Gemüsegarten im Hof, das ist eine interessante Idee.

Ja, aber nicht nur das. Für die Kinder bauen wir einen neuen Spielplatz. Der alte Spielplatz sieht nicht gut aus. Die Spielgeräte sind schon sehr alt.

Oh ja, stimmt, ich sehe es auf dem Foto. Aber dann ist der Hof schon voll, oder?

Nein, nicht ganz. Wir wollen auch noch ein paar Fahrradständer hinstellen. Dort. Da stehen jetzt noch Autos.

Ah ja. Das ist eine gute Idee. Planen Sie auch Parkplätze für die Autos?

Nein, für Parkplätze gibt es im Hof keinen Platz. Und schön ist es auch nicht, wenn im Hof Autos stehen. Die Autos müssen vor dem Haus auf der Straße stehen. Das ist besser.

Da haben Sie recht. Es ist ein sehr interessantes Projekt. Danke für das Gespräch. Ich wünsche Ihnen viel Erfolg!

Danke schön.

D, 1a + b

Aus – bei – mit – nach,
aus – bei – mit – nach,
seit – von – zu,
seit – von – zu,
immer mit dem Dativ,
immer mit dem Dativ:
dem, der, den,
dem, der, den.

15 Mit dem Auto unterwegs

A, 3a + b

- Guten Tag, ich möchte meinen Führerschein machen.
- Aber gern. Haben Sie alle Unterlagen für die Anmeldung?
- Ja, bitte schön. Ich habe aber eine Frage.
- Kein Problem, fragen Sie.
- Auf Ihrer Internetseite steht, dass die Fahrschule drei bis fünf Monate dauert. Das ist zu lange. Ich brauche den Führerschein dringend für meine Arbeit. Was kann ich da machen?
- Oh, in dem Fall können wir Ihnen einen Schnellkurs empfehlen. Da haben Sie jeden Tag zweimal Unterricht: am Morgen vier Stunden Theorie-Unterricht und nachmittags drei Fahrstunden. So brauchen Sie nur zwei Wochen.
- Hm, das geht leider nicht. Ich muss am Tag arbeiten. Gibt es vielleicht noch eine andere Möglichkeit? Was können Sie mir empfehlen?
- Wir bieten die Theorie-Kurse auch am Abend an. Die Fahrstunden sind dann am Samstag. Sie können am Samstagmorgen zwei Stunden fahren und am Nachmittag noch einmal zwei Stunden oder Sie fahren einmal am Tag drei Stunden.
- Ah, okay. Was denken Sie? Was soll ich machen?
- Ich empfehle Ihnen, dass sie einmal am Tag drei Stunden fahren. Wenn Sie schnell lernen, können Sie es so in ein bis zwei Monaten schaffen.
- Ah ja, das ist gut. Dann mache ich das so. Vielen Dank!

16 Sport und Ernährung

A, 2b + c

- Frau Krause bitte in Sprechzimmer 1!
- Na, das dauert heute! ... Oh je, was haben Sie denn mit Ihrem Fuß gemacht?
- Ach, ich habe mich beim Joggen verletzt.
- Oh, Sie joggen?
- Ja, dreimal pro Woche. Immer etwa 10 Kilometer.
- Nicht schlecht. Ich laufe auch viel.
- Ja?
- Ja, vom Sofa zum Kühlschrank! Und zurück!
- Mögen Sie keinen Sport?
- Doch, doch! Aber ich sehe lieber zu. Ich sehe gerne Fußball im Fernsehen.
- O ja, ich sehe auch gern Sport im Fernsehen. Aber keinen Fußball. Ich sehe lieber Tennis. Ich spiele selbst auch Tennis. Das macht es interessant.
- Ach, Tennis im Fernsehen finde ich langweilig. Aber Basketball sehe ich oft. Zusammen mit meiner Tochter. Sie spielt Basketball. Im Verein.
- Ah, das ist schön. Ähm, aber sagen Sie: Warum sind Sie eigentlich hier, wenn ich fragen darf?
- Ach, mein Rücken tut weh. Wahrscheinlich sehe ich zu viel fern! Ich sollte lieber Rückengymnastik machen!

B, 1c

- Aua!
- Hallo! Hallo!? Ist alles in Ordnung?
- Aua. Ich weiß nicht. Ich habe nicht aufgepasst und dann bin ich gestürzt ...
- Oh, das Bein sieht nicht gut aus. Das ist eine große Wunde. Haben Sie Schmerzen?
- Ja, es tut sehr weh.
- Warten Sie! Ich verbinde Ihre Wunde jetzt schnell, aber Sie müssen das Bein im Krankenhaus untersuchen lassen! Und die Wunde unbedingt von einem Arzt behandeln lassen!
- Ach, muss das sein? Nach ein paar Tagen ist es bestimmt wieder gut!
- Das können Sie nicht wissen. Vielleicht ist etwas gebrochen. Kommen Sie, ich bringe Sie in die Notaufnahme.
- Gut, wenn Sie meinen ...

B, 2a + c

- Hallo, Frau Kaspari, ich hoffe, Sie mussten nicht zu lange warten. Wie geht es Ihnen?
- Ich habe starke Schmerzen im Bein.
- Ah, ja, ich sehe schon. Können Sie mir sagen, wie es passiert ist?
- Ich bin mit dem Fahrrad gestürzt.
- Aha. Können Sie das Bein bewegen?
- Nicht so gut.
- Wie sind die Schmerzen? Von 1 bis 10?
- Hm, vielleicht eine 7? Was denken Sie, ist das Bein gebrochen?
- Das kann ich noch nicht sagen. Wir lassen es röntgen. Danach sehen wir weiter. So, Frau Kaspari, hier ist das Röntgenbild. Das Bein ist nicht gebrochen. Die Krankenpflegerin verbindet gleich Ihre Wunde und dann können Sie nach Hause. Kann jemand Sie abholen?
- Ja, das geht. Ich rufe meine Freundin an und lasse mich abholen. Danke, Frau Doktor.
- Gern geschehen. Gute Besserung!

D, 2a, b + c

Nachrichten aus Lübeck.

Das diesjährige Stadtsportfest am 6. und 7. Juli wird vom ehemaligen Weltmeister im Schwimmen, Thilo Härtel, eröffnet. Nach 15 Jahren beendet er im nächsten Jahr seine Karriere als Sportler. In Zukunft will er in seiner Heimatstadt Lübeck Kinder und Jugendliche trainieren.

17 Geschäfte

B, 1b + c

- Frau Baran, könnten Sie bitte noch schnell eine Bestellung machen?
- Ja, gern, Herr Göker. Was brauchen wir?
- Wir brauchen noch Ladegeräte ... Wir haben im letzten Monat viel verkauft.
- Okay, Ladegeräte ... Wie viel Stück?
- Bestellen Sie zehn.
- Zehn Stück? So viele?
- Ja, sicher ist sicher. Die Selfie-Sticks sind auch fast alle ausverkauft. Wir brauchen also auch noch ein paar Selfie-Sticks.
- Wie viele?
- Hm. Drei Stück. Und wir haben auch fast keine Kopfhörer mehr, bestellen Sie bitte fünf Stück. In Weiß.
- Fünf Kopfhörer, habe ich. Was noch?
- Speicherkarten, sechs Stück, und bitte noch vier Handyhüllen in Grün.
- Moment, ... sechs Speicherkarten ...
- ... und Handyhüllen ... vier Stück. Aber nur in Grün.
- Alles klar. Brauchen wir noch Powerbanks?
- Nein, davon haben wir noch genug.
- Alles klar! Gut, ich mache die Bestellung gleich fertig.
- Vielen Dank!

D, 3b + c

- Pizza-Lieferdienst, Kaya mein Name.
- Guten Tag, Großhandel Küche & Co., Schröder hier. Sie haben am 10. Oktober Waren bei uns bestellt.
- Ja, richtig. Gibt es ein Problem?
- Ja, bitte entschuldigen Sie. Wir können die Pfannen in Größe 36 nicht liefern. Sie sind ausverkauft.
- Ach, immer noch!? Das ist wirklich ärgerlich.
- Ja, ich bitte um Entschuldigung.
- Gibt es denn andere Pfannen, die Sie liefern können?
- Wir können Ihnen die Pfannen in Größe 40 liefern. Sie sind leider etwas teurer, aber die Qualität ist auch besser. Die Pfannen sind aus einem besonderen Material und werden schneller heiß.
- Hm ... Was kostet denn eine Pfanne?
- 49,99. Für drei Pfannen bezahlen Sie dann 149,97 Euro. Möchten Sie, dass wir sie liefern?
- 149,97 Euro ... Das ist teuer für drei Pfannen! Aber ich brauche sie unbedingt. Also ja: Liefern Sie bitte die Pfannen in Größe 40 cm.
- In Ordnung, ich kümmere mich sofort. Sie bekommen die Lieferung in circa zwei bis drei Tagen.
- Vielen Dank.
- Gerne. Auf Wiederhören.

18 Rund ums Geld

C, 2a

- Schau mal, Marco: Hier gibt es tolle E-Bikes. Vielleicht kaufe ich mir auch ein E-Bike.
- Ein E-Bike? Für dich? Hm, ich weiß nicht. Zeig mir mal die Anzeige. Oh, das E-Bike ist nicht billig!
- Das stimmt, normalerweise kostet es 3.999 Euro, aber jetzt gibt es ein besonderes Angebot und man zahlt fast 500 Euro weniger. Es sind dann nur noch 3.500 Euro!
- Nur? 3.500 Euro? Das ist viel Geld!
- Ja, stimmt. So viel Geld haben wir jetzt auch nicht ...
- Wenn du gern ein E-Bike haben möchtest, könnten meine Eltern uns das Geld leihen.
- Ach nein, lieber nicht. Ich möchte keine Schulden bei deiner Familie machen. Das ist mir peinlich.
- Das Geschäft bietet aber an, dass man in Raten zahlt ... Das kann man auch machen.
- Ach nein, dann haben wir Schulden bei diesem Geschäft, das möchte ich auch nicht ... Mein altes Fahrrad ist ja noch in Ordnung ...

19 Auf Reisen

A, 3a + b

Hallo, ich heiße Sara Al-Mukhtar. Ich lebe schon lange hier, mehr als 10 Jahre. Ich bin für die Arbeit umgezogen. Am Anfang hat mir die Stadt nicht gefallen: Es war Winter, kalt und grau, und ich fand die Stadt sehr hässlich. Jetzt sehe ich das anders: Die Stadt hat ein paar wirklich schöne Plätze! Der Englische Garten ist zum Beispiel wunderschön. Man kann sich dort wunderbar entspannen, aber auch sehr gut Sport machen: Man kann joggen, Fußball spielen, mit dem Boot fahren oder sogar surfen! Ich gehe im Sommer oft mit Freunden dorthin. Bei schönem Wetter machen wir ein Picknick und spielen Badminton. Das macht immer Spaß. Manchmal gehe ich auch alleine in den Park, setze mich auf eine Parkbank und beobachte die Leute: Es kommen alte Leute, junge Leute, Familien mit Kindern, ganz gemischt. Es ist einfach ein Park für alle. Das finde ich schön.

C, 1a
Resande till London med Lufthansa flightnummer 1007 ombeds gå till gate 45. Ombordstigning börjar inom kort.

C, 3a + b
eins
- Bitte legen Sie die Taschen auf das Band. Nehmen Sie alle elektronischen Geräte aus der Tasche und legen Sie sie auf das Band.
- Ja, das habe ich gemacht.
- Gut, Sie können durch die Sicherheitskontrolle gehen.
- Ist das Ihre Tasche?
- Ja.
- Bitte öffnen Sie die Tasche. ... Gut, alles in Ordnung.
- Danke.

zwei
Achtung Passagiere gebucht auf Airtrans T 34 nach Toronto: Der Flug geht heute nicht von Gate B15. Gehen Sie bitte zu Gate A27. Das Flugzeug steht abflugbereit an Gate A27.

drei
- Entschuldigung, können Sie mir sagen, wo die Gepäckausgabe ist?
- Ja, gerne. Sehen Sie die Rolltreppe dort? Sie fahren die Rolltreppe hoch, dann gehen Sie nach rechts und dann immer geradeaus. Dort ist die Gepäckausgabe.
- Also, die Rolltreppe rauf, dann nach rechts und geradeaus.
- Ja, genau.
- Vielen Dank!

C, 4
Aufgabe A, Rolle 1
Achtung, eine Durchsage für die Passagiere ... nach Kairo. Der Flug geht von ... Passagiere nach Kairo kommen bitte zu ...
Aufgabe A, Rolle 2
Achtung, eine Durchsage für die Passagiere gebucht auf Emirates nach Kairo. Der Flug geht von Gate 43. Passagiere nach Kairo kommen bitte zu Gate 43.

20 Erinnerungen und Wünsche

A, 1b + c
- Ah, Frau Arabuli, gut, dass ich Sie treffe – ich wollte noch tschüs sagen. Ich bin ja bald weg.
- Ja, ich weiß. Wann gehen Sie?
- Nächste Woche schon.
- Ach, wie schade. Es war so lustig mit Ihnen.
- Finden Sie?
- Ja, wissen Sie nicht mehr? Wir haben neue Stühle für unser Büro bekommen und Sie wollten die Stühle ins Büro stellen, aber ich habe gesagt: Nein, die kommen an die Wand.
- Ja, und wir haben ein bisschen gestritten, aber Sie hatten recht. Die Stühle konnten noch nicht ins Büro. Sie mussten noch saubermachen. Ich habe Ihnen dann geholfen und zusammen haben wir die Stühle an die Wand gestellt.
- Ja, Sie waren dann sehr nett. Wir haben zusammen noch Kaffee getrunken und gelacht.
- Ja. Und da war noch was ... Wissen Sie noch: Ich bin einmal zu spät gekommen ...
- Ja, wir hatten einen Termin mit der Firma, die die Heizung reparieren sollte. Sie haben im Stau gestanden ...
- Ähm, na ja ... nein, ich habe nicht im Stau gestanden.
- Nein!?
- Nein, das war eine kleine Lüge. Ich habe eigentlich eine Pause gemacht und eine Currywurst gegessen. Und dann war ich zu spät. Ich musste ganz schnell fahren ...
- Na, gut, dass Sie es jetzt sagen!

Quellen

Cover: Cornelsen/Björn Schumann; **U2**: (Badge Apple-Store): Apple Inc.,IP & Licensing; (Badge Google App): Google Ireland ltd.; **S. 98** (Musik): stock.adobe.com/carballo; (Sport): Shutterstock.com/DC Studio; (telefonieren): Shutterstock.com/GalacticDreamer; (Kinder): stock.adobe.com/Ingo Bartussek; (Büro): stock.adobe.com/Andrey Popov; (Kino): Shutterstock.com/Ground Picture; (fehrnsehen): stock.adobe.com/Gorodenkoff Productions OU; (Selfi): stock.adobe.com/Iryna; (Radio): stock.adobe.com/Mihail; **S. 99**: stock.adobe.com/Rudzhan; **S. 100** (Mi.): PROKINO FILMVERLEIH GMBH; (u.li.): Shutterstock.com/Prostock-studio; (u.2.v.li.): Shutterstock.com/DedMityay; (u.Mi.): Shutterstock.com/Charl A Stafleu; (u.2.v.re.): Shutterstock.com/PeopleImages.com – Yuri A; (u.re.): Shutterstock.com/Marko Ristic Leo; **S. 101** (Mi.): Cornelsen/Sylvia Wolf; (u.li.): Shutterstock.com/bulentevren; (u.2.v.li.): Shutterstock.com/Gorodenkoff; (u.Mi.): Shutterstock.com/marino bocelli; (u.2.v.re.): Shutterstock/Vectors Bang; (u.re.): Shutterstock.com/Photo Spirit; **S. 102** (Hintergrund Seiten): stock.adobe.com/DONOT6_STUDIO/DN6; (o.): Cornelsen/Björn Schumann; (u.): Shutterstock.com/Robert Kneschke; **S. 104**: Shutterstock.com/RikoBest; **S. 105** (1,3,4,5,6): Shutterstock.com/stockfour; (2): Shutterstock.com/shurkin_son; **S. 106** (A): stock.adobe.com/Drazen; (B): stock.adobe.com/Fotowerk/drubig-photo; (C): Shutterstock.com/BearFotos; (D): Depositphotos/Monkey Business; (u.): Shutterstock.com/Rvector; **S. 107** (o.): Imago Stock & People GmbH/Christian Spicker; (u.außer Sport, Musik): Shutterstock.com/Rvector; (Sport): stock.adobe.com/Vipin; (Musik): Shutterstock.com/VectorFore-ver; **S. 108**: stock.adobe.com/PhotoSG; **S. 109**: Cornelsen, Eingang: stock.adobe.com/Aleksandr Volkov, Schild: stock.adobe.com/FM2; **S. 110** (Zeugnis u.): mauritius images/alamy stock photo/maho; (Smiley): stock.adobe.com/fim.design; **S. 111** (o.): Cornelsen/Björn Schumann; (Smiley): stock.adobe.com/fim.design; **S. 112**: stock.adobe.com/GoNeo; **S. 113** (A): Shutterstock.com/Koldunov; (B): Shutterstock.com/Bespaliy; **S. 114** (Smartphone): Shutterstock.com/ZinetroN; (Bücher): Shutterstock.com/Pressmaster; (Kuchen): Shutterstock.com/Fotos593; (Sport): Shutterstock.com/BAZA Production; **S. 115** (li.): Shutterstock.com/Ground Picture; (re.): Shutterstock.com/Jack Frog; **S. 116**: Cornelsen/Björn Schumann; **S. 117**: Shutterstock.com/DGLimages; **S. 118** (o.): Shutterstock.com/hedgehog94; (Karteikarte): Shutterstock.com/photastic; (u.li.): Shutterstock.com/Pavel L Photo and Video; (u.2.v.li.): Shutterstock.com/CandyBox Images; (u.2.v.re.): Shutterstock.com/Ground Picture; (u.re.): Shutterstock.com/Alhim; **S. 119** (Hintergrund zu 1): Shutterstock.com/pics five; (Hintergrund zu 5): Shutterstock/Focal Start; (Hintergrund zu 6): Shutterstock/32 pixels; (blaues Ikon bei 3): Shutterstock/moloko_vector; (Mi.): Shutter-stock.com/hedgehog94; (u.li.): Shutterstock.com/industryviews; (u.2.v.li.): Shutterstock.com/Andrew Angelov; (u.2.v.re.): Shutterstock.com/Aleksandr Ivasenko; (u.re.): Shutterstock.com/stockfour; **S. 120** (1): Shutterstock.com/dieddin; (2): Shutterstock.com/BearFotos; (3): Shutterstock.com/Megan Betteridge; (4): Shutterstock.com/Ground Picture; (5): Shutterstock.com/Pixel-Shot; (6): Shutterstock.com/LightField Studios; **S. 123** (A): Shutterstock.com/Chadchai Krisadapong; (B): Shutterstock.com/YAKOBCHUK VIACHESLAV; **S. 124** (A): stock.adobe.com/Maria, (B): Shutterstock.com/David Spates; (C): Shutterstock.com/zoff; (D): Shutterstock.com/Stephen Plaster; (E): stock.adobe.com/Creativa Images; (F): Shutterstock.com/LADO; **S. 125** (o.Mi.): Shutterstock.com/Zurijeta; (o.re.): Shutterstock.com/BearFotos; (u.): Cornelsen/Sylvia Wolf; **S. 126** (1): stock.adobe.com/stas111; (2): stock.adobe.com/ylivdesign; (3): stock.adobe.com/sharpnose; (4): stock.adobe.com/NikWB; (Lärm): stock.adobe.com/ Leonid Yastremskiy Pixel-Shot; (Müll): stock.adobe.com/CrispyMedia; (Keller): stock.adobe.com/annebel146; (Mülltonne): stock.adobe.com/mochisu; (Hof): stock.adobe.com/Tryfonov; (Garage): Shutterstock.com/studiovin; **S. 127** (o.): Shutterstock.com/Denis Kabelev; (Tor): stock.adobe.com/milj/poplasen; (Ein-/Ausfahrt): stock.adobe.com/MATTHIAS BUEHNER; (Spielplatz): stock.adobe.com/Robert; (Fahrrad-ständer): stock.adobe.com/ANDREASSCHULZE/schulzie; (Blume): Shutterstock.com/Konstantin Zibert; (Baum): stock.adobe.com/jackey; **S. 128** (o.): Cornelsen, Pizzakarton: Shutterstock.com/New Africa, Schuhe: Shutterstock.com/jocic, Schraubdeckel: Shutterstock.com/Anton Starikov, Stuhl: Shutterstock.com/jerrysa, Glas geöffnet inkl. Deckelinnenseite: Shutterstock.com/Tatiana Popova, Becher: Shutterstock.com/Garsya, Zeitungen: Shutterstock.com/S1001, Gemüsedose: Shutterstock.com/BurAnd, Pappehaufen: Shutterstock.com/Chattapat, Nudelteller: stock.adobe.com/Markus Guhl Germany/konzeptm, Trinkdose: stock.adobe.com/vitec40, Weinglas: stock.adobe.com/Nikola Spasenoski, Klamotten: stock.adobe.com/Roman Ivaschenko, Plasiktüte: stock.adobe.com/oxie99, Glas verschlossen: stock.adobe.com/LIPSKIY PAVEL/unclepodger, Gemüseabfall: stock.adobe.com/Shot/Pixel/studio.com (Olga Yastremska and Leonid Yastremskiy)/africa/Pixel-Shot, Flasche: stock.adobe.com/Wojciech Boruch, Eierkarton: stock.adobe.com/rdnzl , Teddybär:stock.adobe.com/annacurnow, Hintergrund: Shutterstock.com/BsWei; **S. 129**: Cornelsen/Björn Schumann; **S. 130** (o.): stock.adobe.com/imagefuji; (1): Shutterstock.com/Ollyy; (2): Shutterstock.com/Jacob Lund; (3): Shutter-stock.com/Songdech Kothmongkol; (4): Shutterstock.com/matimix; **S. 131** (Mi.): Cornelsen/Björn Schumann; **S. 132** (o.li.): Shutterstock.com/ESB Professional; (o.re.): Shutterstock.com/Pixel-Shot; (u.li.): Shutterstock.com/Sergey Peterman; (u.re.): Shutterstock.com/Jiri Hera; (Aufsteller): Shutterstock.com/Tartila; **S. 133** (o.): Shutterstock.com/lovelyday12; (u.): Shutterstock.com/Africa Studio; **S. 134**: Cornelsen, Erste Hilfe: Shutter-stock.com/Rawpixel.com, Fahrschultheorie: Shutterstock.com/ALPA PROD, Sehtest: Shutterstock.com/Stokkete, Autofahren: stock.adobe.com/Alexander Raths; **S. 135**: stock.adobe.com/Gerhard Seybert; **S. 136** (o.): Shutterstock.com/stockphoto-graf; (Mi.): Shutterstock/Flat vectors; (u.li.): Shutterstock.com/Marko Rupena; (u.2.v.li.): Shutterstock.com/Jan von nebenan; (u.3.v.li.): Shutterstock.com/Natasa Adzic; (u.3.v.re.): Shutter-stock.com/Tsomka; (u.2.v.re.): Shutterstock.com/Golub Oleksii; (u.re.): Shutterstock.com/upixa; **S. 137** (o.): Shutterstock.com/defotoberg; (A,B): Shutterstock/Flat vectors; (überholen): Shutterstock.com/Ralf Geithe; (parken): Shutterstock.com/Flystock; (halten): Shutterstock.com/Filmbild-fabrik; (blinken): Shutterstock.com/Vach cameraman; (biegen): Shutterstock.com/Sabelnikova Olga; (bremsen): Shutterstock.com/SKT Studio; **S. 138** (o.): Cornelsen/Sylvia Wolf; (Mi.): Shutterstock.com/Singleline; **S. 139** (o.): Shutterstock.com/Quinn Martin; (Karteikarten): Shutterstock.com/photastic; **S. 140**: Shutterstock.com/Gwoeii; **S. 141** (Kopf): stock.adobe.com/Mithun Ghosh; (Straßenschilder): Shutterstock.com/stockphoto-graf; **S. 142** (1): Shutterstock.com/AnnaStills; (2): stock.adobe.com/RRF; (3): stock.adobe.com/Ana Blazic Pavlovic; (4): stock.adobe.com/AUFORT Jérome; (Fitnesstraining, Tennis, Leichtathletik): Shutterstock.com/popicon; (Joggen, Volleyball, Eishockey): stock.adobe.com/aliyev84; **S. 143** (Hintergrund Seiten): stock.adobe.com/DONOT6_STUDIO/DN6; (o.): dpa Picture-Alliance/Julian Stratenschulte; (u.li, u.2.v.li.): stock.adobe.com/aliyev84; (u.3.v.li.): Shutterstock.com/popicon; (u.3.v.re.): Shutterstock.com/matsabe; (u.2.v.re.): stock.adobe.com/Vipin; (u.re.): Shutterstock.com/Miceking; **S. 144** (o.): Shutterstock.com/varuna; (Blut am Bein): Shutterstock/Archiwiz; (u.li.): Shutterstock.com/Ground Picture; (u.2.v.li.): Shutterstock.com/9nong; (u.Mi.): Shutterstock.com/Just dance; (u.2.v.re.): Shutterstock.com/J.AMPHON; (u.re.): Shutterstock.com/Dragon Images; **S. 145** (o.): Shutterstock.com/1st footage; (bluten):

Quellen

Shutterstock.com/sukra13; (operieren): Shutterstock.com/Photoroyalty; (Wunde): Shutterstock.com/A3pfamily; (Blut): Shutterstock.com/Landscapemania; (Verband): Shutterstock.com/Lubos Chlubny; **S. 146**: Cornelsen/Björn Schumann; **S. 147** (o.): Shutterstock.com/Art_Pictures; (1): Shutterstock.com/judyjump; (2): Shutterstock.com/mything; (3,6): Shutterstock.com/inspiring.team; (4): Shutterstock.com/Art Alex; (5): Shutterstock/Pogorelova Olga; (u.): Shutterstock.com/vivat; **S. 149** (Hintergrund Seite): Shutterstock.com/Shmizla; **S. 150** (o.li.): Shutterstock.com/Drop of Light; (o.Mi.): Shutterstock.com/hydebrink; (o.re.): Shutterstock.com/Gena Melendrez; (u.li.): Shutterstock.com/Soho A Studio; (u.re.): Shutterstock.com/Bjoern Wylezich; **S. 151** (li.): Shutterstock.com/Krakenimages.com; (re.): Shutterstock.com/F8 studio; **S. 152** (u.li.): Shutterstock.com/Odua Images; (u.Mi.li.): Shutterstock.com/ivan_kislitsin; (u.Mi.): Shutterstock.com/Ground Picture; (u.Mi.re.): Shutterstock.com/fizkes; (u.re.): Shutterstock.com/Monkey Business Images; **S. 153** (u.li.): Shutterstock.com/Claudio Lucca; (u.Mi.li.): Shutterstock.com/BearFotos; (u.Mi.): Shutterstock.com/Nomad_Soul; (u.Mi.re.): Shutterstock.com/goodluz; (u.re.): Shutterstock.com/Hugo Felix; **S. 154** (1): Shutterstock.com/leoanna; (2): Shutterstock.com/BLACKDAY; (3): Shutterstock.com/Vladimir Sukhachev; (4): Shutterstock.com/Mateus Andre; (5): Shutterstock.com/Andrei Lavr; (6): Shutterstock.com/Pedal to the Stock; **S. 156**: Cornelsen/Björn Schumann; **S. 158** (1): Shutterstock.com/PainterMaster; (2): Shutterstock.com/Sergey Mastepanov; (3): Shutterstock.com/goldyg; **S. 160** (o.): Cornelsen, Kröte: Shutterstock.com/Eric Isselee, Mäuse: Shutterstock.com/Kuttelvaserova Stuchelova, Kohle mit Blatt: Shutterstock.com/SAKORNJ, Geld: Shutterstock.com/xpixel, Hintergrund: Shutterstock.com/Cobalt S-Elinoi; (A): Shutterstock.com/Dubova; **S. 161** (B): Shutterstock.com/MDV Edwards; (C): Shutterstock.com/goodluz; **S. 162** (li.): Shutterstock.com/Andrey_Popov; (Chip der Bankkarte): Shutterstock.com/Iconography – Videography; (re.): Shutterstock.com/Ground Picture; **S. 163** (o.): Shutterstock.com/AS photo family; (u.li.): stock.adobe.com/Franjo; (u.Mi.li.): Shutterstock.com/asiandelight; (u.Mi.re.): Shutterstock.com/wavebreakmedia; (u.re.): Shutterstock.com/Vera Agency; **S. 164** (Fahrrad): Shutterstock.com/stockphoto-graf; **S. 165** (Karteikarte): Shutterstock.com/photastic; (u.re.): Shutterstock.com/AmaPhoto; **S. 166**: Cornelsen, Hintergrund: Shutterstock.com/Nutlegal Photographer, Karte: Shutterstock.com/Bardocz Peter; **S. 167** (Karteikarte): Shutterstock.com/photastic; **S. 168** (Personen): stock.adobe.com/LadadikArt; **S. 169** (o.li.): stock.adobe.com/www.miriamdoerr.com/M.Dörr & M.Frommherz; (o.re.): Shutterstock.com/Sahana M S; (Mi.li.): Shutterstock.com/Dyfrain; (Mi.re.): Shutterstock.com/Feng Yu; (u.li.): Shutterstock.com/Nattakorn_Maneerat; (u.re.): Shutterstock.com/Ground Picture; **S. 170** (Hintergrund Seite): Shutterstock.com/kvector; (o.li.): Shutterstock.com/Wolfgang Zwanzger; (o.re.): Shutterstock.com/Jazzmany; (Hohe Gebäude): Shutterstock.com/muratart; (Schifffahrt): Shutterstock.com/Olena Znak; (Zauberinsel): stock.adobe.com/Joshua; (Hohe Berge): Shutterstock.com/karp5; (Strand): Shutterstock.com/mapman; (Hafen): Shutterstock.com/Stocked House Studio; (Altstadt): Shutterstock.com/canadastock; (Theater): Shutterstock.com/Kozlik; (Oper): Shutterstock.com/UfaBizPhoto; (Kirche): Shutterstock.com/GTW; **S. 171** (o.): Shutterstock.com/stockpexel; (Dom): Shutterstock.com/trabantos; (Moschee): Shutterstock.com/burak kemal duzgun; (Synagoge): Shutterstock.com/PRILL; (Turm): Shutterstock.com/Heide Pinkall; (Flughafen): Shutterstock.com/Michael Thaler; (Fußballstadion): Shutterstock.com/Igor Link; **S. 172**: Cornelsen/Björn Schumann; **S. 173** (o.li.): Shutterstock.com/Stefano Zaccaria; (o.Mi.): Shutterstock.com/Nadezhda Kharitonova; (o.re.): Shutterstock.com/Milan Sommer; (u.li.): Shutterstock.com/Lightboxx; (u.re.): Shutterstock.com/Chekyravaa; **S. 174** (Mi.): Depositphotos/Artem Liubchenko; (A): stock.adobe.com/Alextype; (B): Shutterstock.com/ileela; (C): Shutterstock.com/Jaromir Chalabala; (u.li., u.3.v.re.): Shutterstock.com/Monkey Business Images; (u.2.v.li.): Shutterstock.com/sumroeng chinnapan; (u.3.v.li): Shutterstock.com/Boophuket; (u.2.v.re.): Shutterstock.com/Africa Studio; (u.re.): Shutterstock.com/PR Image Factory; **S. 175** (o.): Shutterstock.com/Eduard Radu; (u.li.): Shutterstock.com/Grusho Anna; (u.2.v.li.): Shutterstock.com/think4photop; (u.3.v.li.): Shutterstock.com/motive56; (u.3.v.re.): Shutterstock.com/muratart; (u.2.v.re.): Shutterstock.com/Tyler Olson; (u.re.): Shutterstock.com/alexandre17; **S. 176** (o.): Shutterstock.com/Dean Drobot; **S. 178**: Cornelsen/Björn Schumann; **S. 179** (Notizzettel): Shutterstock.com/Kindlena; **S. 180** (A): Shutterstock.com/PeopleImages.com – Yuri A; (B): Shutterstock.com/jianqiang yang; (C): Shutterstock.com/Renata Photography; (D): Shutterstock.com/Stivog; **S. 182** (o.): Cornelsen/Björn Schumann; (Mi.): Cornelsen/Sylvia Wolf; (u.li.): Shutterstock.com/goodluz; (u.2.v.li.): Shutterstock.com/SeventyFour; (u.Mi.): Shutterstock.com/Roman Samborskyi; (u.2.v.re.): Shutterstock.com/sun ok; (u.re.): Shutterstock.com/TierneyMJ; **S. 183** (u.li.): Shutterstock.com/Gorodenkoff; S. 183 (u.2.v.li.): Shutterstock.com/fizkes; (u.Mi.): Shutterstock.com/Jacob Lund; (u.2.v.re.): Shutterstock.com/Just Life; (u.re.): Shutterstock.com/Ground Picture; **S. 184** (Figuren): Shutterstock.com/Jussi Suvela; (Würfel): stock.adobe.com/taddle; (Schrank): Shutterstock.com/Halit Sadik; **S. 185** (Karteikarte): Shutterstock.com/photastic; **S. 186** (A): Shutterstock.com/Noppasin Wongchum; (B): Shutterstock.com/Oleksiy Mark; **S. 187** (C): Shutterstock.com/Daniel-Froehlich; (D): Shutterstock.com/Sina Ettmer Photography; (E): Shutterstock.com/Jaroslav A. Polak; (F): Shutterstock.com/ArTono; **S. 196** (Mi.): Cornelsen, Ball: Shutterstock.com/BigMouse, Kugel: Shutterstock.com/Macrovector; **S. 197** (Geschenke): stock.adobe.com/iiierlok_xolms; (Herzen, Daumen): Shutterstock.com/Alex Hariyandi; **S. 199** (Tisch): stock.adobe.com/Igor Savenchuk

Treffpunkt

Deutsch als Zweitsprache für Alltag und Beruf

Kursbuch A2.2

Im Auftrag des Verlages erarbeitet von: Friederike Jin, Martina Schäfer und Matthias Scheliga
Video-Clips: Matthias Scheliga
Grammatik-Animationen: Ute Voß

In Zusammenarbeit mit der Redaktion: Andrea Mackensen, Jacolien de Vries
Redaktionelle Mitarbeit: Anne Planz
Besonderer Dank gilt Maren Schoenfelder (Paderborn) und Lothar Bunn (Münster) für den Input im Bereich der inter- und plurikulturellen Kommunikation sowie Rudi Camerer (Frankfurt/Main) für die Beratung bei der Umsetzung der Vorgaben des Begleitbandes zum GER.
Beratende Mitwirkung: Laura Dürschmied (Würzburg), Claudia Lühmann (Buxtehude), Le Phuong Hoa (Hanoi, Vietnam), Sabine Roth (Erlangen), Joachim Schote (Freiburg), Alev Yazıcı (Ankara, Türkei)

Umschlaggestaltung und Layoutkonzept: Rosendahl Berlin, Agentur für Markendesign
Umschlagfoto: Björn Schumann, Berlin
Technische Umsetzung: Straive, Indien
Illustrationen: Sylvia Wolf

www.cornelsen.de

1. Auflage, 1. Druck 2023

Alle Drucke dieser Auflage sind inhaltlich unverändert und können im Unterricht nebeneinander verwendet werden.

Druck: AZ Druck und Datentechnik GmbH, Kempten

ISBN: 978-3-06-121286-5
ISBN: 978-3-06-122573-5 (E-Book)

PEFC
PEFC/04-31-2260

PEFC-zertifiziert
Dieses Produkt stammt aus nachhaltig bewirtschafteten Wäldern und kontrollierten Quellen
www.pefc.de